DIESES BUCH GEHÖRT:

Greta ♡

Die drei ???

Die drei ???
Melodie der Rache

erzählt von Christoph Dittert

KOSMOS

Umschlagillustration von Andreas Ruch, Düsseldorf
Umschlaggestaltung von der Peter Schmidt Group, Hamburg,
auf der Grundlage der Gestaltung von Aiga Rasch (9. Juli 1941–24. Dezember 2009)

Unser gesamtes lieferbares Programm und viele
weitere Informationen zu unseren Büchern, Spielen,
Experimentierkästen, Aktivitäten, Autorinnen und
Autoren findest du unter **kosmos.de**

MIX
Papier | Fördert gute Waldnutzung
FSC® C083411

Gedruckt auf Cradle to Cradle Certified™ Munken Papier

ISBN 978-3-440-17612-2
Redaktion: Anne Pagel
Lektorat: Nina Schiefelbein
Produktion und Satz: DOPPELPUNKT, Stuttgart
Druck und Bindung: CPI books GmbH, Leck
Printed in Germany / Imprimé en Allemagne

Die drei ???

Melodie der Rache

PJs Bassgitarre

»Mal im Ernst«, sagte Peter Shaw, der Zweite Detektiv der drei ???, »muss das wirklich sein?«

Sein Freund und Detektivkollege Bob Andrews, zuständig für Recherchen und Archiv, schnappte sich eines der ungefähr hundert verbliebenen Puzzleteile vor ihm auf dem Tisch, musterte und drehte es und legte es zurück. »Was denn?«

»Na, dass wir uns – obwohl wir ausnahmsweise mal keinen Fall bearbeiten – trotzdem mit Problemen beschäftigen.«

Der Erste Detektiv Justus Jonas schüttelte missbilligend den Kopf. »Hochgeschätzter Kollege«, sagte er, »ein Puzzle zu lösen, ist kein *Problem*, sondern *Spaß*!«

Die drei Jungen saßen in der Zentrale ihres Detektivunternehmens, einem ausrangierten Campinganhänger, der unter einem Berg Schrott im Hof des Gebrauchtwarencenters von Justus' Onkel Titus verborgen war. Der Tisch war übersät mit Puzzleteilen, die rund um das halb fertige Bild lagen.

»Spaaaß …«, wiederholte Peter gedehnt. »Das kann man so

oder so sehen.« Er grinste. »Ich mein ja nur, wir könnten auch surfen gehen oder …«

»Da bist du offenbar einem Irrtum aufgesessen«, dozierte Justus mit seiner besten Ich-halte-jetzt-gleich-einen-Vortrag-Stimme. »Ich nehme mir deshalb heraus, dich darauf hinzuweisen, dass es …«

Das Klingeln des Telefons rettete Peter und Bob vor dem Rest der Ansprache. Hastig nahm der Zweite Detektiv den Anruf an und schaltete auf Lautsprecher. »Ja, Peter Shaw von den drei ???.«

»Peter«, sagte der Anrufer. »Schöner Vorname.«

»Äh, danke.«

»So heiße ich auch. Hier spricht Peter Journey. Oh, Moment, ich bin sofort zurück. Bitte entschuldige.« Aus dem Hörer drangen rhythmische Pieplaute und eine mechanische Stimme verkündete mehrfach und monoton: »Bitte warten.«

»Peter … Journey?«, wiederholte Bob leise, aber verblüfft.

»Ungewöhnlicher Nachname«, sagte Peter, »aber so seltsam auch wieder nicht, Bob.«

Der dritte Detektiv schüttelte hastig den Kopf. »Darum geht es mir nicht. Ich meine – das ist wirklich *Peter Journey*! Ich habe die Stimme erkannt.«

»Du kennst ihn?«

Ehe Bob antworten konnte, schnarrte die Computerstimme ihr letztes »Bitte warten« und der Anrufer kehrte zurück. Er klang etwas abgehetzt. »Tut mir leid. Danke für eure Geduld. Ich musste mich um einen Gast kümmern.« Mit verschwörerisch raunender Stimme ergänzte Journey: »Keine ganz einfache Person, weißt du.« Ein Räuspern folgte. »Ich … also … ich habe hier ein paar Probleme in meiner Ferienanlage in Long Beach. Und ich würde nur ungern die Polizei einschalten. Man hat mir gesagt, ihr wärt Detektive und würdet hin und wieder einen Fall übernehmen. Hättet ihr zufällig Zeit?«

»Das stimmt, Sir – und ja, haben wir.« Peter zwinkerte Justus zu und flüsterte: »Wenigstens kein Puzzle mehr.«

»Das ist hervorragend!«, meinte der Anrufer währenddessen. »Also könnt ihr … sofort zu mir nach Long Beach kommen?«

Peter wechselte einen raschen Blick mit seinen Freunden. Beide nickten. »Einverstanden«, sagte er.

»Ich schicke einen Mitarbeiter los, der euch abholt. Gebt ihr mir eure Adresse?«

Peter überlegte zuerst, ihm zu sagen, dass sie auch selbst fahren konnten, entschied sich jedoch dagegen. Warum sollten sie sich nicht von einem Privatchauffeur abholen lassen? Ein wenig wie in alten Zeiten, als ihnen Morton mit seinem goldenen Rolls-Royce zur Verfügung gestanden hatte. Also nannte der Zweite Detektiv die Anschrift des Schrottplatzes und Peter Journey kündigte an, dass sein Mitarbeiter Daniel in spätestens einer Stunde bei ihnen sein würde, eher früher.

»Frag ihn, worum es geht«, wisperte Bob, und Peter tat wie ihm geheißen.

Ein tiefes Durchatmen am anderen Ende der Leitung folgte. »Einer meiner Gäste wurde vor einer Stunde in seiner Ferienwohnung niedergeschlagen. Ein Einbrecher hat die dort ausgestellte Bassgitarre gestohlen. Sonst nichts, aber … so geht das nicht weiter! Ich …« Journey brach ab. »Alles Weitere vor Ort, Daniel wird bald bei euch sein. Bis später.«

Sie verabschiedeten sich und Peter legte auf.

»Hochinteressant«, sagte Justus. »Seiner Andeutung entnehme ich, dass es sich nicht um den ersten Vorfall dieser Art gehandelt hat.«

»Habe ich das richtig verstanden?«, fragte Peter. »In dieser Ferienwohnung war eine … eine Bassgitarre ausgestellt? Findet ihr das nicht auch ein bisschen schräg?«

Bob schnippte mit den Fingern. »Überhaupt nicht! Das war Peter Journey!« Er grinste so zufrieden, als hätte er eine unbegrenzte Menge der köstlichsten Nachspeise der Welt vor sich stehen.

»Kannst du mit dem Namen wirklich nichts anfangen, Zweiter?«, fragte Justus. »Obwohl ja eigentlich Bob unser Musikkenner ist, erinnere ich mich gut an *Hot Summer Night Party.*« Er begann eine Melodie zu summen.

Nun fiel bei Peter der Groschen. »Der Rockmusiker?«

»Genau der!«, sagte Bob. »Wisst ihr noch, wie sein Spitzname war? Jeder hat ihn damals so genannt … PJ.« Er sprach es langsam und gedehnt aus: *Piiih-Dschäääi.* »Er ist zwar seit etlichen Jahren nicht mehr als Musiker unterwegs, aber *Hot Summer Night Party* kennt doch wirklich jeder. Und seine Shows müssen echt verrückt gewesen sein! Ihr glaubt ja gar nicht, wie sehr ich mich darauf freue, ihn kennenzulernen!«

Es dauerte tatsächlich nur knapp vierzig Minuten, bis ein Kleinbus durch das offen stehende Tor auf den Hof des Schrottplatzes rumpelte. FERIENPARADIES SONNENGLÜHEN, stand quer über beide Autoseiten geschrieben, umgeben von der Zeichnung eines leuchtend roten Sonnenuntergangs am Meer.

Die drei Jungen hatten auf der Veranda des jonasschen Wohnhauses gewartet und eilten nun auf den Wagen zu. Ein junger Mann stieg aus. Er wirkte sympathisch. »Ich bin Daniel. Peter hat mich angekündigt. Ihr seid die …?«

»Die drei ???«, übernahm Justus die Vorstellung und nannte ihre Namen.

»Ich bringe euch ins Ferienparadies.« Daniel schob eine der Türen beiseite. Insgesamt passten etwa neun Leute in das Fahrzeug. Justus und Peter nahmen hinten in der ersten Sitzreihe Platz, Bob kletterte auf den Beifahrersitz. »Willkommen im Journey-Van«, sagte Daniel.

Wenige Minuten später sausten sie an der Küste entlang Richtung Long Beach.

»Sind Sie schon lange beim Ferienparadies tätig?«, fragte Bob. »Wie ist es, für eine Legende wie PJ zu arbeiten?«

Daniel grinste. »PJ … so nennt ihn niemand mehr. Das gehört zu seiner Vergangenheit, als er noch eine große Nummer im Musikgeschäft war. Ich kannte ihn damals noch nicht. Aber um deine Fragen zu beantworten: Ich bin seit vier Jahren dort und mir gefällt mein Job. Ich kellnere abends für die Gäste, biete Massagen an, fahre die Leute durch die Gegend – eben alles, was so anfällt.« Er musste scharf bremsen, als sich vor ihnen plötzlich der Verkehr staute. Zum Glück löste sich das rasch wieder auf und sie erreichten wohlbehalten ihr Ziel.

Daniel parkte vor zwei noblen Häusern, die offensichtlich gemeinsam die Ferienanlage bildeten. Auf einer der großen gelben Wände stand wie auf dem Van FERIENPARADIES SONNENGLÜHEN, darunter wurde mit einem Hinweis auf eine Spitzenköchin für das exzellente Essen geworben.

Zwei weitere Autos standen auf dem Hof. Zum ersten Haus ging es links einen kleinen Treppenabsatz hinauf, das zweite stand etwa fünf Meter oberhalb auf einer kleinen Anhöhe. Rechts lag eine Wiese mit ein paar Kinderspielgeräten und einem Ruderboot, das so ganz ohne Zugang zum Wasser ebenfalls nur zum Spielen dienen konnte. Geradeaus zwischen den Häusern hindurch, auf der Anhöhe, glitzerte die Sonne auf einem Pool, und nicht weit dahinter rauschten die Wellen am Strand. Kein Zweifel, hier ließ es sich gut aushalten.

Sie betraten das obere Haus. Direkt hinter der offen stehenden Haustür lag eine kleine Rezeption – ein enges, durch eine Glasfront einzusehendes Räumchen. Die Scheibe wurde von einem braun gebrannten Mann beiseitegeschoben. Seine buschigen Haare waren im Nacken zu einem kurzen Zopf gebunden.

»Da seid ihr ja! Danke, dass ihr gekommen seid. Ich bin Peter. Ihr könnt mich gerne duzen, das ist hier so üblich. Wartet, ich komme zu euch raus. Ich sage nur rasch Finn Bescheid, er soll euch aus erster Hand erzählen, was passiert ist.« Er zog die Scheibe wieder zu, schnappte sich ein Handy und tippte auf das Display. Was er sagte, war hinter der verschlossenen Scheibe nicht zu verstehen.

Kurz darauf kam er durch die seitlich gelegene Tür und begrüßte die drei ??? mit Handschlag. »Finn ist sehr … aufgeregt, wie ihr wahrscheinlich verstehen könnt.«

»Dabei handelt es sich um den Gast, der überfallen wurde?«, vermutete Justus.

»Ja, natürlich. Ach, ich hatte euch den Namen noch gar nicht gesagt. Finn Levine. Er ist einer meiner Stammgäste, zum vierten oder fünften Mal hier.«

Journey führte sie wieder nach draußen, die Treppe hinunter, ins Nachbarhaus und hoch in den ersten Stock. Ein Spruch stand dort an der Wand: *Als Gast kommen, als Freund wiederkommen.* »Das ist mein Motto«, erklärte er. »Ich finde, dass jedes gute Unternehmen ein schlagkräftiges Motto braucht.«

»Wir übernehmen jeden Fall«, murmelte der Zweite Detektiv.

»Was meinst du?«, fragte Peter Journey.

»Ach, nichts.«

»Wir sind da.« Der Hausherr zeigte auf die rechte der beiden Türen im ersten Stock.

Noch ehe er klopfen konnte, wurde sie aufgerissen. Ein blasser Mann, ziemlich dürr und mit einem knallbunten, weiten Hawaiihemd bekleidet, nickte den drei ??? hastig zu. »Dann hoffe ich mal, dass ihr haltet, was euer Ruf verspricht«, begrüßte er sie barsch. »Kommt rein!«

Sie folgten der Aufforderung.

»Setzt euch«, bot Finn Levine an, zeigte auf die Stühle, die um einen kleinen Esstisch standen, und ließ sich selbst auf eine große rote Couch fallen, die überaus gemütlich aussah. Links lag eine moderne offene Küche, rechts ein Wohnzimmer mit großer Terrassentür. Ein Vorhang war fast völlig zugezogen und gab nur einen kleinen Blick nach draußen frei. Dort ging es ebenerdig ins Freie auf die kleine Anhöhe, auf der auch das zweite Haus stand. Levine wies mit zitternder Hand darauf. »Dort! Dort ist der Einbrecher reingekommen! Vom Pool her!«

»Beruhig dich erst mal«, bat Journey.

»Beruhigen? Wie soll ich mich ...« Levine brach ab. »Du hast ja recht. In Ordnung.«

»Können Sie der Reihe nach berichten, was vorgefallen ist?«, bat Justus. »Jedes Detail kann relevant sein.«

Finn Levine nickte hastig. »Wird wohl am besten sein. Also gut, hört zu!« Er erzählte nun sehr ausführlich, wie er nach einer kleinen Küstenwanderung um die Mittagszeit zurück in die Wohnung gekommen war. Er hatte sich die staubigen Schuhe ausgezogen, dann die Balkontür geöffnet, um die Schuhe hinauszustellen und ein wenig zu lüften, die Tür nach wenigen Minuten wieder geschlossen, allerdings nicht *ver*schlossen, war duschen gegangen, hatte sich rasiert und die Fingernägel geschnitten.

Das war der Moment in dem Bericht, als Bob durch den Kopf ging, dass man bei aller Liebe zu Recherchen auch zu viele Details hören konnte. Aber man wusste ja nie, was wichtig sein würde, also hörte er weiter geduldig zu.

Mr Levine hatte schließlich das Badezimmer verlassen und sich einen Film ansehen wollen. »Der Fernseher ist so schön groß, größer als bei mir zu Hause, wisst ihr? Und da sah ich sie: eine dunkel gekleidete Gestalt, direkt bei der Terrassentür!« Levine verhakte die Finger ineinander und nestelte nervös mit den Daumen. »›Was … was … was wollen Sie?‹ So hab ich gerufen, hab den Kerl angeschrien, und er ist auf mich zu und – und hat mir …« Seine Hand fuhr zum Ohr, tastete dahinter zum Haaransatz. »Er hat mir, wie sagt ihr jungen Leute, eine verpasst. Mit der Handkante von der Seite in den Nacken.«

»Er hat Sie also niedergeschlagen«, sagte Justus. Davon, wie *junge Leute* heutzutage redeten, hatte Mr Levine offenbar wenig Ahnung. »Und Sie sind sicher, dass es ein Mann gewesen ist?«

»Ja, was denn sonst?«

»Zum Beispiel eine Frau«, sagte der dritte Detektiv bemüht ernsthaft.

»Also was denkt ihr denn? Ich lass mich doch nicht von einer Frau umhauen!«

»Natürlich nicht«, sagte Justus und warf seinen Freunden einen vielsagenden Blick zu. Es konnte also auch eine Frau gewesen sein – in dieser Hinsicht taugte Mr Levines Einschätzung sicher nichts.

»Das Gesicht haben Sie aber nicht erkennen können?«, fragte Bob.

»Er trug eine Mütze und eine Sonnenbrille und … Nein, also ich habe kein Gesicht gesehen! Nach dem Schlag habe ich das Bewusstsein verloren, als ich wieder zu mir gekommen bin, lag ich hier auf dem Boden. Meine Sachen sind alle noch da, nur da drüben … Seht ihr …« Er deutete neben den Fernseher. Dort ragten zwei Haken aus der Wand, an denen gähnende Leere herrschte.

Peter Journey ging mit einem raschen Schritt dorthin. »Hier hing meine erste Bassgitarre. Ich habe nicht mit euch darüber gesprochen, aber ihr wisst ja vielleicht, dass ich früher Profimusiker war?«

»Selbstverständlich«, sagte Peter, was ihm ein »Hört, hört« von Justus einbrachte.

»Es ist uns eine Ehre«, sagte Bob.

Journey grinste schmallippig. »Ist lange her.« Er winkte ab. »Jedenfalls fehlt der Bass.«

»War das Instrument sehr wertvoll, Peter?«, fragte Justus.

»Woher soll ich das denn wissen?«, fragte der Zweite Detektiv. Kaum waren die Worte draußen, stutzte er. »Äh, klar, du hast *ihn* gefragt.«

Journey lächelte. »Ist aber auch wirklich verwirrend mit unseren Namen.« Dann schüttelte er den Kopf. »Nein, es war eine völlig normale Bassgitarre, ein ziemlich altes Teil. Wertvoll höchstens für irgendwelche Superfans von mir. Und für mich – ich habe nostalgische Erinnerungen, denn ich habe damit auf vielen Konzerten gespielt. Natürlich war es nicht mein einziger Bass, vielleicht wisst ihr ja auch, dass es bei meinen Konzerten ziemlich … ungewöhnlich zuging. Das hat einige Instrumente ›das Leben gekostet‹. Aber na ja, das spielt jetzt keine Rolle.«

»Hast du Probleme mit Fans?«, fragte Bob. »Ich meine, dass vielleicht …«

»… dass vielleicht so ein Superfan hier auftaucht, um ein Erinnerungsstück zu stehlen?« Journey sah nachdenklich aus. »Nein. Ich glaube nicht. Wobei …«

»Ja?«

»Sag's ihnen, Peter«, forderte Finn Levine.

»Ich habe in jeder Wohneinheit solche Sachen ausgestellt. Der Zwischenfall hier war bereits der zweite Einbruch und auch beim ersten Mal …«

»… wurde nur das Erinnerungsstück gestohlen«, beendete Justus den Satz.

Sprungtuchdiebstahl

»So ist es«, sagte Peter Journey. »Dabei ist niemand außer mir zu Schaden gekommen. Jetzt mit Finn …«, er stockte und seufzte, »… da sieht es natürlich anders aus.«

Mr Levine verschränkte die Arme vor der Brust. »Ich wollte die Polizei rufen, aber Peter war dagegen.«

»Wenn hier die Polizei auftaucht und meine Gäste das sehen, ist das schlecht für meinen Ruf«, erklärte Journey. »Versteht mich nicht falsch, natürlich bin ich dazu bereit, wenn es sein muss, aber … na ja, ich würde es gern vermeiden. So was spricht sich rum! Einbrüche, Gäste kommen zu Schaden, die Gerüchte überschlagen sich, es wird übertrieben. Das ist echt übel, und wenn dann die Buchungen zurückgehen, ist das für mich natürlich eine Katastrophe. Ich bin auf Gäste angewiesen.«

»Das verstehen wir«, versicherte Justus. »Darum ist es gut, dass du dich an uns gewandt hast. Wir sind weitaus unauffälliger als die Polizei.«

»Es war meine Idee«, sagte Finn Levine. »Ich sagte, irgendetwas müsse aber unternommen werden. Und weil ich neulich in der Zeitung einen Artikel über einen eurer Fälle gelesen habe … irgendwas mit einem inszenierten Spuk, glaube ich … Jedenfalls habe ich Peter deshalb vorgeschlagen, euch drei Detektive anzurufen.«

»Und damit war ich gleich einverstanden. Schließlich will ich ja auch, dass das aufgeklärt wird. Ich setze also große Hoffnungen in euch, Jungs.«

Die drei ??? stellten Mr Levine einige weitere Fragen, doch er konnte zur eigentlichen Tat nicht mehr berichten als das Wenige, das er dazu bislang gesagt hatte. Auf Justus' Nachhaken hin lenkte er jedoch ein und gab zu, dass es durchaus auch eine Frau gewesen sein könnte. »Ich habe natürlich nicht genau darauf geachtet, wie diese Gestalt ausgesehen hat. Größer als ich oder kleiner … keine Ahnung! Dick oder dünn, ja, irgendwas schon!«

Das war so ungefähr die ungenauste Aussage, die die drei Detektive jemals gehört hatten. Sie suchten in der Wohnung und auf der Terrasse nach Spuren, fanden aber nichts Verwertbares. Und als sie die Klinke der Terrassentür auf Fingerabdrücke hin überprüfen wollten, fiel Finn Levine plötzlich ein, dass der Einbrecher Handschuhe getragen hatte, schwarze. So kamen sie also nicht weiter.

»Ich habe eine Bitte, Peter«, sagte Justus deshalb.

»Ja?«, fragten der Zweite Detektiv und Mr Journey gleichzeitig.

»Also, für dieses Problem brauchen wir eine Lösung.« Bob sah Mr Journey an. »Könnten wir dich nicht PJ nennen?«

»Wie früher? Okay, von mir aus. Ist wohl einfacher.«

Dem dritten Detektiv gefiel das sichtlich. Immerhin war PJ eine echte Rocklegende. Außerdem bemerkte er, dass es nun nicht nur keine Verwechslung mehr mit seinem Freund Peter geben konnte … sondern dass PJ auch noch wie eine Abkürzung für *Peter und Justus* klang. Ein verrückter Zufall.

»Zurück zu meiner Bitte«, sagte Justus. »Kannst du uns den Schauplatz des ersten Einbruchs zeigen, ähm, PJ?«

»Du kannst mich ruhig so nennen. Es macht mir wirklich nichts aus. Erinnert mich an früher.« Der ehemalige Rockstar ging zurück zur Eingangstür und öffnete sie. »Kommt mit, ich bringe euch hin. Es war nicht in einer der Ferienwohnungen, sondern im einzigen Hotelzimmer, das ich vermiete. Es ist zurzeit frei.«

Die drei ??? folgten ihm zurück durchs Haus nach draußen. Dort ging es wieder die Außentreppe hoch zum Poolbereich. Vor dem Schwimmbecken stand ein Whirlpool, in dem eine Frau saß, die ihre langen braunen Haare zu einem hohen Dutt aufgetürmt hatte, damit sie nicht nass wurden. Sie trug eine auffällige Sonnenbrille und schlürfte durch einen Strohhalm einen blutroten Cocktail.

Im Pool plantschte ein Kind. Zwei der Liegen am Rand waren besetzt, von einem Mann und einer Frau. Sie war in ein Buch vertieft, er hatte die Augen geschlossen und schnarchte leise.

Das Grundstück endete wenige Meter hinter dem Becken. Ein Holzzaun trennte es vom Sandstrand, hinter dem das Meer rauschte.

»Ich zeige euch später alles«, sagte PJ leise zu den drei ???, drehte sich dann zu der Familie und rief: »Wir haben neue Gäste! Ich stelle sie euch später vor.«

»Cool!«, rief das Mädchen aus dem Pool. Es hatte wuschelige rote Locken und war etwa sechs oder sieben Jahre alt. Die Mutter sah kurz von ihrem Buch auf und nickte den drei ??? zu. Der Vater schnarchte weiter. Aus dem Whirlpool kam ein »Soso«, ehe Mrs Sonnenbrille sich wieder ihrem Cocktail widmete.

PJ führte die drei Detektive nun von hinten in das Haus mit der Rezeption und dort die Treppe hinauf. Im ersten Stock gab es zwei Türen. Der Hausherr kramte in seiner Hosentasche, brachte einen Schlüssel zum Vorschein und öffnete die hintere der beiden. »Die Wohnung nebenan ist auch belegt. Dort wohnt ein Pärchen – Scarlett Roberts und Dennis Bentley. Ihr werdet die beiden bestimmt bald kennenlernen.« Zu viert betraten sie das Zimmer. Es war blitzsauber und bis auf die Möblierung leer, das Doppelbett frisch bezogen.

»Wenn wir hier gerade so ungestört sind«, sagte Justus, »könntest du uns auch etwas über die anderen Gäste erzählen, PJ? Bitte versteh das nicht falsch, es gibt keinen Grund, sie besonders zu verdächtigen, aber sie sind durchaus potenzielle Täter. Schließlich könnte sich jemand hier nur eingemietet haben, um die Einbrüche zu begehen. Oder sie könnten die nächsten Opfer werden. Darum müssen wir möglichst viel über die Anwesenden wissen.«

»Die Leute beim Pool, das ist Familie Haynes. Sie sind für zwei Wochen hier, angereist gestern. Nein, wartet, vorgestern.«

»Wann war der erste Einbruch?«, fragte Bob.

»Gestern.«

»Hier in diesem Zimmer?«, vergewisserte sich der dritte Detektiv.

»Eins nach dem anderen, Kollege«, forderte Justus. »Also, Familie Haynes. Und die Dame im Whirlpool?«

»Angelina Morrison. Sie ist alleine angereist und bleibt für zehn Tage. Die Hälfte der Zeit ist vorbei. Sie kommt seit Jahren immer wieder. Ich vertraue ihr völlig!«

»Bleibt dieses Zimmer eine Weile leer? Oder gibt es eine ungenutzte Wohnung?«, fragte der Erste Detektiv. »Um unauffällig zu ermitteln, wäre es natürlich am besten, wir könnten uns für ein paar Tage hier einquartieren. Zum Glück sind ja gerade Sommerferien.«

»Da habt ihr doppelt Glück. Meine beste Wohnung steht wegen einer Stornierung seit letzter Woche leer, die nächsten Gäste kommen erst in fünf Tagen. Daniel kann euch später zurückfahren, ihr packt eure Koffer und kommt mit ihm zurück. Einverstanden?«

»Sehr gut!«, sagte Peter. Auf diese *beste Wohnung* war er durchaus gespannt. Einen Fall zu lösen, hieß ja nicht, dass man zwischendurch nicht einen gewissen Luxus genießen konnte. Und alles in allem sah PJs Ferienparadies bislang ziemlich klasse aus, Whirlpool und Schwimmbad eingeschlossen.

»Nun zum Einbruch in dieses Zimmer«, forderte Justus. »Was genau ist passiert?«

»Der Täter ist über den Balkon reingekommen.« PJ stockte.

»Oder eben die Täterin. Was weiß ich. Hier.« Er ging zwischen dem Bett und einer Couch samt Sessel und Tischchen vorbei und blieb vor einer Glastür stehen. Sie war offenbar mit einem Brecheisen am Schloss aufgeknackt worden, sodass der Eindringling von draußen hatte öffnen können.

Peter ging an ihrem Auftraggeber vorbei und trat hinaus auf den kleinen Balkon. Wenn man über das Geländer kletterte, musste man nur etwas über zwei Meter tief bis zum Boden springen. Von unten konnte ein geschickter Kletterer leicht Zugang finden, denn ein dünner Baum stand dicht am Haus. Peter hätte das mühelos geschafft. Der Baum ragte noch höher auf – mit etwas Geschick würde man sogar den Balkon ein Stockwerk höher erreichen können. Der Zweite Detektiv ließ die anderen an seiner Vermutung teilhaben, wie es sich abgespielt haben könnte.

»So dachte ich mir das auch«, sagte PJ. »Wer immer es war, er hätte ja auch noch was anderes mitnehmen können. Der Fernseher zum Beispiel ist ziemlich teuer gewesen, ein Topgerät. Tatsächlich wurde wie gesagt nur das Ausstellungsstück gestohlen.«

»Auch eine deiner alten Bassgitarren?«, fragte Bob.

»Nein. Ich stelle in jeder Wohnung etwas anderes aus. Hier hing das Sprungtuch eines meiner Trampoline.«

Peter glaubte, sich verhört zu haben. »Das – was?«

PJ lachte. »Du solltest dir im Netz mal ein Video von einem meiner Konzerte damals ansehen. Die Trampoline waren dabei ziemlich wichtig.«

»Peter hat keine Ahnung«, sagte Bob. »Ich habe mehrere der Videos gesehen und fand deine Sprünge auf die Bühne echt genial. Ich hab mich immer gefragt, wie du das gemacht hast – mit Trampolinen also.«

»Ja, die waren im Boden versenkt. Ziemlich kleine Dinger, gerade mal ein Meter im Durchmesser. War ziemlich hartes Training«, erklärte PJ. »Ich kann euch später davon erzählen, wenn ihr wollt.«

»Erst mal zurück zum Fall«, bat der Erste Detektiv. »Von wo wurde dieses Sprungtuch gestohlen?«

»Hier aus dem Zwischenraum.« Der Ex-Musiker öffnete die Tür, von der die drei ??? gedacht hatten, dass sie ins Badezimmer führte. Stattdessen lag davor noch ein kleiner Raum, der fast völlig von einem weiteren, schmalen Bett eingenommen wurde. »Darüber hing es an der Wand.«

»Wir werden alles untersuchen«, kündigte Justus an. »Auf Fingerabdrücke oder sonstige Spuren. In allen anderen Wohnungen hast du ebenfalls etwas ausgestellt?«

PJ nickte. »Dort ist alles unversehrt. Es sind fünf Wohnungen, vier davon sind belegt, nur eure steht leer. Also, jetzt ja nicht mehr.«

»Wir holen unsere Sachen für ein paar Tage«, sagte Peter. »Und den Koffer mit der Detektivausrüstung. Wir werden uns auf die Lauer legen und vielleicht die eine oder andere Falle stellen. Wenn bereits zwei Ausstellungsstücke gestohlen wurden, wollen die Täter die anderen möglicherweise auch noch.«

Daniel brachte die Jungen nach Rocky Beach und wollte warten, um sie wieder mitzunehmen, doch die drei ??? entschieden sich, mit Bobs Käfer zum Ferienparadies zurückzufahren. So wären sie vor Ort mobil, was von entscheidender Bedeutung sein konnte. Jeder ging rasch nach Hause, holte die Erlaubnis für eine kleine Kurz-Reise ein, packte seine Sachen für die nächsten Tage, und bald sammelte Bob alle mit seinem Auto ein. Justus schleppte zusätzlich den Koffer mit der Detektivausrüstung: Vom Fingerabdruckpulver bis zum Peilsender und der Nachtsichtkamera war alles dabei.

»Ich habe nachgedacht«, sagte Justus, während sie sich Long Beach auf der Küstenstraße näherten. »Wir sollten nicht in die Wohnung ziehen, die PJ uns angeboten hat.«

»Du willst nicht in die *beste* Wohnung?«, fragte Peter mit Nachdruck. »Dafür musst du aber einen sehr guten Grund haben.«

»Damit kann ich dienen. Die Wohnung soll leer bleiben und damit ein perfektes nächstes Ziel für den Einbrecher bieten. Wir legen uns auf die Lauer und …«

»… schnappen ihn uns!«, beendete Peter den Satz. »Tatsächlich ein guter Grund, das muss ich zugeben.«

»Wir können stattdessen in dem Zimmer wohnen, das PJ uns gezeigt hat. Mit dem kleinen Zwischenraum und dem extra Bett bietet es Platz genug für uns drei. Und Peter?«

»Hm?«

»Nicht traurig sein. Das Zimmer ist vielleicht nicht so luxuriös wie die andere Wohnung … aber mal ehrlich, hast du je in einem Raum geschlafen, aus dem ein Trampolinsprungtuch geraubt worden ist?«

Wenige Minuten später parkten sie neben dem Journey-Van. Die beiden anderen Autos standen immer noch dort. Sie fanden PJ hinter der Rezeption und Justus teilte ihm ihren Plan mit, das Hotelzimmer zu beziehen.

»Es wäre aber gut, wenn wir uns in der Wohnung umsehen dürfen, die du uns angeboten hattest. Auch damit wir wissen, wo und wie der Einbrecher dort eindringen könnte.«

»In Ordnung. Ich gehe mit euch hoch und schließe auf. Sie ist im Stockwerk über dem Zimmer, direkt unterm Dach.« Er ging voran, die Treppe hoch. An der Tür ganz oben hing ein Schild: NEPTUNS HOCHTHRON.

»Du hast der Wohnung einen Namen gegeben?«, fragte Justus.

PJ grinste. »Ist meine teuerste. Da macht das was her. Die Leute müssen ein bisschen mehr bezahlen, aber dafür wohnen sie im Hochthron des Meeresgottes Neptun höchstpersönlich!« Die letzten Worte sprach er mit einem Augenzwinkern aus, schloss auf und übergab den Schlüssel an Bob. »Den könnt ihr erst mal behalten. Ihr kommt sicher allein zurecht, oder? Ich muss nach unten. Ich habe euch doch von dem Pärchen erzählt, das zurzeit hier wohnt? In der Wohnung neben eurem Zimmer? Die beiden wollen die Sauna benutzen, ich muss alles vorbereiten.«

Er eilte nach unten und die drei ??? betraten die Wohnung – Neptuns Hochthron.

»Mensch, Just«, sagte Peter. »Dein Plan in allen Ehren, aber ein paar Tage hier zu wohnen, wäre echt klasse gewesen.«

»Der Fall geht vor«, sagte der Erste Detektiv, aber so ganz überzeugt klang auch er nicht mehr, als er sah, was sie abgelehnt hatten.

Die Wohnung war riesig und die Couchlandschaft im Wohnzimmer ebenfalls. In einer großen Wandnische gab es eine frei stehende Whirlpool-Badewanne, umragt von künstlichem Riffgestein. Wenn man in der Wanne lag, hatte man durch die Fensterfront einen herrlichen Blick aufs Meer. Zwischen dem Riffgestein und der Tür zum großen Balkon stand eine kleine Vitrine. Darin war ein Stück Schnur wie eine Wäscheleine gespannt, an der ein knallrotes Sockenpaar hing. Bob deutete darauf und sein zufriedenes Grinsen reichte fast von einem Ohr zum anderen. »Die hat PJ bei seinem legendären Abschlusskonzert in der Vice Hall in Los Angeles getragen.«

Sie schauten sich auch den Rest der Wohnung genau an – das Esszimmer um die Ecke, den begehbaren Kleiderschrank, Schlafzimmer, Bad. Alles nicht so ausgefallen wie die Badewannen-Nische, aber ebenfalls sehr exklusiv.

Schließlich sagte Justus: »Um hier einzubrechen, gibt es zwei Möglichkeiten. Erstens natürlich durch die Tür, so, wie auch wir reingekommen sind. Zweitens über den Balkon. Das wäre dann derselbe Weg, den der Dieb im Zimmer direkt unter uns genommen hat.«

Peter öffnete die Balkontür. Tatsächlich lag der Balkon genau über dem von ihrem Zimmer.

Bob hatte inzwischen nacheinander die Fenster geöffnet, die zur anderen Hausseite hinausgingen. »Hier gäbe es noch einen dritten Weg. Aber um auf diesem reinzukommen, müsste man schon ein sehr guter Fassadenkletterer sein. Außerdem wäre man voll auf dem Präsentierteller von der Straße aus gesehen.«

»Also legen wir uns an den beiden Stellen auf die Lauer, die ein potenzieller Einbrecher wahrscheinlich nehmen würde«, sagte Justus. »Erstens im Treppenhaus – dabei kommt es uns ja zugute, dass unser Zimmer von dort abgeht. Und zweitens irgendwo draußen, von wo aus wir den Balkon gut im Auge behalten können.«

»Klingt nach einem Kinderspiel«, sagte Bob.

»Nur dann, wenn der Dieb genauso denkt wie wir und sich das scheinbar leichteste Ziel aussucht, nämlich die leer stehende Wohnung.« Peter hockte sich auf den Rand der Badewanne. »Ich wäre mir da aber nicht sicher.«

»So pessimistisch?«, fragte der dritte Detektiv.

»Reine Erfahrungswerte. Oder wann ist das letzte Mal bei einem unserer Fälle alles glattgegangen?«

Sie gingen zurück zu Bobs Käfer, brachten die Koffer in ihr Zimmer und richteten sich ein. Peter kehrte auch noch einmal in die Wohnung obendrüber zurück und versteckte eine Wanze im künstlichen Riffgestein nahe bei der Vitrine – so konnten sie jedes Geräusch dort hören. Man wusste ja nie, ob der Einbrecher nicht doch einen Weg fand, heimlich einzudringen, ohne dass die drei ??? es bemerkten. Sicher war sicher.

Danach stand erst einmal das Abendessen an – Zeit und

Gelegenheit, die anderen Gäste des Ferienparadieses ein wenig kennenzulernen. Allerdings bot es dem Dieb auch die perfekte Gelegenheit, die Situation auszunutzen, dass sich alle Gäste unten im Speiseraum befanden. Ein Risiko, das die drei ??? nicht eingehen konnten. Also trennten sie sich. Justus würde am Abendessen teilnehmen und dabei Erkundungen einziehen.

»Ich überlege mir irgendeine Geschichte, warum ihr beiden heute nicht zum Essen kommen könnt«, kündigte er an. »Mir wird schon etwas einfallen. Ich bringe euch dann später Essen aufs Zimmer.«

Seine beiden Freunde legten sich derweil auf die Lauer: Peter suchte sich einen guten Platz im Garten, Bob wollte das Treppenhaus im Auge behalten. Dazu installierte der dritte Detektiv eine kleine Kamera so im Flur, dass sie kaum auffiel, aber die Treppe und die Tür aufzeichnete, die in Neptuns Hochthron führte. Die Übertragung der Aufnahme empfing er im Zimmer auf seinem Laptop.

Das leere Treppenhaus und die Stufen anzustarren, war jedoch alles andere als spannend. Zu allem Überfluss begann auch noch Bobs Magen zu knurren. Wehmütig dachte der dritte Detektiv an Justus, der sich mit einer wahrscheinlich ziemlich köstlichen Mahlzeit den Bauch vollschlug. Er rief Peter an. Der Zweite Detektiv hatte das Handy natürlich auf stumme Vibration gestellt und würde den Anruf einfach ignorieren, wenn es nicht passte.

Tatsächlich ging er sofort dran. »Ja?«

»Wo bist du?«, fragte Bob.

»Ich habe mich ins Gartenhäuschen verkrochen. Durch das Fenster kann ich beide Balkone sehen.«

Sie vereinbarten, sich sofort zu melden, wenn etwas passierte.

Nur passierte nichts.

Bob starrte abwechselnd auf das Übertragungsbild der Kamera – die leere Treppe – und auf sein Handy.

Eine Viertelstunde verging.

Zwanzig Minuten.

Und dann, plötzlich, eine Bewegung!

Jemand lief ins Bild. Eine Gestalt mit einem dunklen Mantel, einer Mütze, tief ins Gesicht gezogen, und dunklen Handschuhen. Bob erkannte nur, dass sie es mit einem Mann zu tun hatten. Dieser huschte die Stufen nach oben und blieb vor der Tür im Obergeschoss stehen. Nun sah Bob nur noch den Rücken des Mannes, der etwas aus der Jackentasche zog und sich am Türschloss zu schaffen machte.

Hastig tippte der dritte Detektiv Peters Nummer auf dem Handy an.

Der Zweite Detektiv ging wieder sofort dran.

»Jemand bricht in die Wohnung ein«, zischte Bob. »Sag Justus Bescheid, er soll sofort kommen. Ich warte, bis der Kerl drin ist, und gehe ihm hinterher. Wir setzen ihn fest! Seine einzige Fluchtmöglichkeit ist über den Balkon, und da wartest du!«

Peter bestätigte.

Oben schwang die Tür auf, der Einbrecher verschwand in die Wohnung.

Bob verließ das Zimmer. Hoffentlich tauchte Justus bald auf!

Zu zweit konnten sie den Dieb viel eher festhalten. Er wartete einen Moment am Fuß der Treppe. Nur Sekunden später kam Justus schwer atmend an. In seinem Mundwinkel klebte ein Klecks Ketchup.

»Er ist drin«, sagte Bob.

Gemeinsam eilten sie nach oben. Das Schloss war aufgebrochen, die Tür nur angelehnt.

Bob stieß sie auf. »Bleiben Sie stehen! Wir wissen, dass Sie hier sind!«

Der Einbrecher stand vor der Badewanne, mit dem Rücken zu den beiden Freunden. Das Glas der Vitrine war zerbrochen, die Scherben verteilten sich auf dem Boden. Die knallroten Socken an der Leine fehlten. Der Dieb hatte, was er wollte …

… aber es sollte ihm nichts nützen!

Der Fremde reagierte sofort. Er hetzte zur Balkontür, riss sie auf, trat nach draußen. Noch während Bob und Justus ihm folgten, schwang er sich über das Geländer, sprang behände zu dem Baum, klammerte sich an den Stamm, packte einen Ast und tastete mit den Füßen nach einem Ast darunter, auf dem er Halt finden konnte.

Aber am Boden wartete Peter!

Sie hatten ihn, er konnte nicht entkommen.

Bob war als Erster auf dem Balkon und sah nach unten, gerade in dem Moment, als sich der Einbrecher tiefer schwang und fallen ließ.

Der Zweite Detektiv stand schon bereit.

Aber … verdammt! »Vorsicht, Peter!«, rief Bob noch, während auch Justus auf den Balkon kam, doch es war bereits zu spät. Eine zweite Gestalt sprang von hinten auf den Zweiten Detektiv zu und schlug ihm die Handkante in den Nacken. Peter ächzte und sackte in sich zusammen.

Terminar em pizza

Bob sah seinen Freund zu Boden sinken. Der Zweite Detektiv blieb reglos auf dem Boden liegen. Der Einbrecher und sein Komplize – der ebenfalls einen dunklen Mantel trug, eine Mütze, Handschuhe und außerdem eine große Sonnenbrille – zögerten keine Sekunde. Sie rannten los, am Pool vorbei zum Zaun, der das Grundstück vom Strand trennte.

»Just, geh durchs Haus nach unten, kümmere dich um Peter!«, rief Bob, riss sich zusammen, schätzte seine Chancen ab, kletterte wie der Einbrecher vor wenigen Augenblicken über das Geländer und sprang in den Baum.

Aus dem Augenwinkel sah er, wie die beiden Schurken bereits über den Zaun stiegen. Es würde schwer werden, sie zu verfolgen – Bobs wenige Sekunden des Zögerns und der Überraschung hatten den Vorsprung vergrößert.

Der dritte Detektiv kletterte nach unten. Obwohl er wusste, dass Justus bereits unterwegs war, ging er neben Peter in die Hocke und vergewisserte sich, dass es seinem Freund gut ging.

Peter öffnete flatternd die Augen. »Oh … was …« Er stöhnte. »Was ist los?«

»Bleib liegen. Justus ist gleich da.« Bob wetzte los, am Pool vorbei und flankte über den Zaun. Er sah die beiden Flüchtenden noch, aber sie waren bereits weit entfernt und rannten gerade vom Strand weg zwischen zwei frei stehenden Häusern hindurch Richtung Straße.

Bob hetzte hinterher, über den steinigen Sandboden. Endlich erreichte er die Stelle, wo die beiden zwischen den Gebäuden verschwunden waren. Bald kam er zu der Straße, die auch zu PJs Ferienparadies führte. Sie lag verlassen da, nichts und niemand war zu sehen. Bob glaubte, noch das Geräusch eines Autos zu hören, das sich auf einer der Seitenstraßen entfernte, vermutlich das Fluchtauto der Verbrecher. Es gab keine Chance mehr, sie weiter zu verfolgen. Wütend ging der dritte Detektiv zurück.

Als er bei seinen Freunden ankam, half Justus gerade Peter auf die Beine. Die beiden waren allein, alles hatte sich so rasch und so leise abgespielt, dass offenbar niemand anderes darauf aufmerksam geworden war. Als Bob das erwähnte, meinte Justus: »Die sitzen wahrscheinlich alle noch im Speiseraum und lassen es sich schmecken.«

»War's wenigstens lecker?«, fragte Peter, während er sich den Nacken rieb, wo ihn der Schlag erwischt hatte. Er zuckte zusammen, als er die Stelle berührte.

»Köstlich«, meinte Justus, »aber das tut nichts zur Sache. Der Kerl, der dich niedergeschlagen hat – das sah sehr professionell aus. Der wusste, was er tut. Dafür spricht ja auch, dass er Mr Levine ebenfalls gezielt ohnmächtig geschlagen hat.«

»Sehr tröstlich«, sagte der Zweite Detektiv in ironischem Tonfall und mit verkniffenem Gesicht. Dabei warf er Justus einen genervten Blick zu.

»Es geht mir nur darum, alle Informationen aufzunehmen, um kein Detail zu übersehen«, erklärte der Erste Detektiv. »Das sagt ja einiges über unseren Gegner aus und könnte uns dabei helfen, ihn am Ende zu identifizieren. Dass es für dich trotzdem … schmerzhaft war, bedauere ich natürlich.«

»Dann sollten wir dabei nicht vergessen«, meinte Bob, »dass wir nicht wissen, welcher der beiden Männer Mr Levine angegriffen hat.« Er sah Justus an. »Und ehe du es erwähnst: Falls es sich nicht bei einer der beiden Gestalten um eine Frau gehandelt hat.«

Schritte näherten sich.

Peter Journey kam zu den drei ??? und sah sie fragend an. »Was ist los? Justus, du bist so plötzlich aufgestanden und aus dem Speiseraum gegangen. Ich dachte zuerst, du müsstest auf die Toilette, aber …«

»Ein neuer Einbruch«, unterbrach Bob. »Oben in Neptuns Hochthron. Wir hatten ihn fast, aber es gab einen Komplizen, und so konnten sie entkommen.«

Abwechselnd berichteten die drei Freunde, was vorgefallen war. PJ fluchte leise vor sich hin, da klingelte sein Handy. Er zog es aus der Tasche und warf einen flüchtigen Blick auf das Display. »Das ist mein Sohn. Ich muss kurz drangehen. Bin gleich zurück.« Er zog sich ein paar Schritte zurück und hielt sich das Telefon ans Ohr. »Lennox, ja?« Während er zuhörte, öffnete er die Tür und ging ins Haus.

»Die Lage ist nicht gerade besser geworden«, zog Justus ein erstes Resümee. »Wir wissen jetzt, dass wir es mindestens mit zwei Leuten zu tun haben – und die wiederum wissen, dass wir hier sind. Geheim zu agieren, können wir uns also getrost abschminken.«

»Trotzdem haben wir etwas herausgefunden«, sagte Bob.

»Und das wäre? », fragte der Erste Detektiv.

»Keiner der Gäste ist der Einbrecher. Denn die waren alle bei dir unten beim Essen – oder?«

»Aber es könnten Handlanger gewesen sein«, sagte Peter. »Und dann könnten wiederum alle Gäste die Auftraggeber sein. Oder jeder andere.«

»Das sehe ich genauso«, sagte Justus. »Wir müssen …«

Er sprach den Satz nicht zu Ende, denn PJ kam zurück und Zorn funkelte in seinen Augen. Seiner ganzen Körperhaltung war die Anspannung deutlich anzusehen. »Kommt mit«, bat er.

»Was ist passiert?«, fragte Bob. »Etwas mit deinem Sohn?«

»Wie kommst du darauf? Ach, klar, er hatte angerufen – nein, nein, es hat nichts mit ihm zu tun. Drinnen, in der Rezeption! Ich wollte dort in Ruhe telefonieren. Aber da wartete eine böse Überraschung. Schaut es euch selbst an.«

Die drei ??? folgten ihm ins Haus. An der Scheibe der Rezeption war innen ein Vorhang zugezogen. PJ wies beiläufig darauf. »Es soll keiner sehen.«

Peter wollte schon nachfragen, aber er verkniff es sich. Sie würden gleich wissen, worum es ging, denn PJ öffnete bereits die Tür, deren Schloss – wie Peter mit fachmännischem Blick bemerkte – aufgebrochen worden war.

Sie quetschten sich zu viert in den schmalen Raum. PJ schloss die Tür hinter ihnen und ließ sich auf die einzige Sitzgelegenheit fallen, einen Schreibtischstuhl auf Rollen. Links und rechts an der Wand standen Regale, deren Fächer vollgestopft waren mit Ordnern, einem Drucker und vielen Papierblättern in Plastikablagen. Die hintere Wand hingegen war frei von Möbeln, ein Poster mit einer Landkarte der Gegend hing daran.

Quer über Wand und Poster war mit roter Farbe eine Botschaft gesprüht worden.

Drei Worte.

Drei seltsame Worte.

TERMINAR EM PIZZA

»Offensichtlich ist der Einbrecher hier eingedrungen«, sagte Bob, »ehe er nach oben ging und ich ihn bemerkt habe.«

»Aber was soll das?«, fragte Peter und las vor: »›Terminar em pizza‹? Wer bricht hier ein, stiehlt nutzlose Sachen und sprüht ein Graffiti über … über … *Pizza* an die Wand?«

»Es ist zumindest unwahrscheinlich, dass er eine Essensbestellung aufgeben wollte«, sagte Bob bemüht ernsthaft.

»Wenn ich mich nicht irre«, sagte Justus, »ist das Portugiesisch. Und bedeutet so viel wie *In Pizza enden.*«

»Nicht dass das jetzt sonderlich viel Sinn ergibt«, stellte Peter fest.

»Auf den ersten Blick nicht«, gab Justus zu, »aber ich sehe da schon die eine oder andere Möglichkeit. Man kann an einer Pizza zum Beispiel ersticken oder …«

»Du glaubst ernsthaft«, unterbrach der Zweite Detektiv, »dass jemand PJ mit einer *Pizza* bedroht?«

»Ich glaube noch gar nichts«, stellte Justus klar. »Denn dafür gibt es bislang keine ausreichende Faktenbasis. Ich betone nur, dass es sehr wohl Interpretationsmöglichkeiten gibt. Bestimmt steckt eine Bedeutung hinter dieser Botschaft.« Er wandte sich an PJ: »Du hast keine Idee? Die Worte bedeuten dir nichts?«

»Rein gar nichts!« PJ verschränkte die Arme vor der Brust. »Wisst ihr, ich bin einiges gewohnt. Man kann keine Ferienanlage führen, ohne es manchmal mit seltsamen Typen zu tun zu haben. Mal will dich jemand unter Druck setzen, indem er sagt, er wird nicht die komplette Rechnung bezahlen, sonst wird er im Internet überall negative Bewertungen hinterlassen. Dann richtet jemand in einer Wohnung einen Schaden an und behauptet, er war es nicht. Oder du musst dich damit auseinandersetzen, dass irgendwer zehn Kumpels einlädt, um eine ausgelassene Party zu feiern, und du findest die alle im Alkoholrausch. Das gehört dazu, aber …« Er machte eine umfassende Handbewegung. »Aber *das hier* ist echt verrückt. Was soll das? Ich …« Er brach ab und schüttelte den Kopf. »Zu allem Überfluss hat sich mein Sohn für morgen angekündigt,

Lennox. Er wäre die nächsten Tage eigentlich bei seiner Mutter, und ich freue mich immer, wenn er zu mir kommt, aber – wisst ihr, ich will nicht, dass er diesen ganzen Mist hier mitbekommt! Und am Ende noch in Gefahr gerät.«

»Das verstehen wir«, versicherte Justus. »Und wir versprechen, dass wir unser Bestes tun, um herauszufinden, was hinter all dem steckt. Ich bezweifle nämlich stark, dass es hier nur um einen verrückten souvenirjagenden Superfan geht. Der würde dir wohl kaum noch einen unnötigen Schaden hinterlassen, indem er die Wand vollsprüht.«

»Sondern?«, fragte PJ. »Worum geht es deiner Meinung nach sonst?«

»Das wissen wir noch nicht«, stellte Justus klar, »aber wir werden es herausfinden!«

Warzenschwein und Morgenschreck

Die Ereignisse hatten sich in der letzten Stunde überschlagen. Die drei ??? mussten nun den Überblick behalten und verschiedenen Spuren nachgehen.

Bob sah sich mehrfach die entscheidende Minute der Kamera-Aufzeichnungen aus dem Treppenhaus an. Doch so genau er auch hinschaute, näher ran- und wieder wegzoomte, das Gesicht des Einbrechers ließ sich nicht erkennen. Die tief hinabgezogene Mütze beschattete es, außerdem hatte er ein Stofftuch über Mund und Nase gebunden. Der Mantel verdeckte die Statur, und der Fremde blickte nie frontal in die Kamera. Also gaben die Aufnahmen nicht viel her – ein durchschnittlich großer Mann, keine besonderen Merkmale oder sonstigen Auffälligkeiten wie ein Humpeln oder Ähnliches.

Auch die Tonaufnahme der Wanze, die die drei ??? im Hochthron versteckt hatten, half nicht weiter. Man hörte, wie

Schritte durch den Raum gingen – dann das Splittern der Vitrine – und wenig später Bobs »Bleiben Sie stehen! Wir wissen, dass Sie hier sind!«.

Ohne große Hoffnung zeigte der dritte Detektiv die Bildaufnahme PJ, doch auch der erkannte den Einbrecher nicht. »Aber in der Verkleidung«, meinte der Ex-Rockmusiker, »würde ich wahrscheinlich nicht mal meinen besten Freund erkennen.«

Derweil untersuchten Peter und Justus sowohl den Hochthron als auch das Rezeptionsräumchen auf Spuren. Weil der Eindringling wieder Handschuhe getragen hatte, gab es keine Fingerabdrücke, und auch sonst war er offenbar vorsichtig gewesen. Die beiden Detektive entdeckten keine Fußabdrücke, kein Stückchen abgerissenen Stoff, kein auffälliges Haar, Kaugummipapier oder sonst etwas.

Gegen zehn Uhr saßen die drei ??? wieder in ihrem Zimmer. Immerhin kamen nun endlich auch Peter und Bob dazu, etwas zu essen, denn PJs Angestellter Daniel hatte ihnen zwei Teller mit riesigen Portionen des aufgewärmten Abendessens gebracht. Und tatsächlich, genau wie Justus gesagt hatte, schmeckte es köstlich.

Obwohl die Freunde nicht davon ausgingen, dass die beiden Einbrecher in dieser Nacht noch einmal zuschlagen würden, entschlossen sie sich, die Ferienanlage unter Beobachtung zu halten. Es gab noch drei Ausstellungsstücke – in der Wohnung von Angelina Morrison, in der der Familie Haynes und in der des Pärchens Dennis Bentley und Scarlett Roberts.

Also knobelten sie einen Plan aus: Immer zwei sollten für

jeweils drei Stunden Wache halten, während der Dritte wenigstens kurz schlief.

So schlugen sie sich die Nacht um die Ohren, aber im Ferienparadies tat sich nichts. Alles blieb ruhig und friedlich. Wahrscheinlich hatten die Diebe nach dem Zusammenstoß erst einmal genug.

Um acht Uhr am nächsten Vormittag schlurften die drei ??? müde zum Frühstück. Mit PJ hatten sie abgesprochen, dass er und Daniel während der Frühstückszeit die Anlage, so gut es ging, im Auge behalten würden. Sollte ihnen etwas auffallen, würden sie sich sofort per Handy melden.

Die Mahlzeit weckte ihre Lebensgeister und die Jungen waren gespannt, was dieser Tag bringen würde. Einen neuen Einbruch? Irgendeine Spur, die zu den Hintergründen dieser seltsamen Verbrechen führte? Vielleicht die Erkenntnis, was die merkwürdige Graffiti-Botschaft bedeuten sollte?

Nach und nach versammelten sich alle derzeitigen Bewohner im Speiseraum – Mrs Morrison ausgenommen, die keine Mahlzeiten gebucht hatte, sondern nur hin und wieder mitaß und sich ansonsten in ihrer Ferienwohnung selbst verpflegte.

Finn Levine nickte ihnen kurz zu. Er wirkte nicht mehr so fahrig und erschrocken wie am Tag vorher, offenbar hatte er den Überfall inzwischen ein wenig verdaut. Familie Haynes mit ihrer kleinen Tochter nahm am Tisch gegenüber von den drei ??? Platz. Das Mädchen füllte sich sofort eine Riesenschüssel mit Müsli. Als Letzte kamen Händchen haltend Dennis

Bentley und Scarlett Roberts. Für Bob und Peter war es die erste Begegnung mit dem Pärchen. Beide waren braun gebrannt und trugen teure Klamotten.

Man plauderte darüber, wie schön es hier doch war und wie lecker das Essen schmeckte. Die Mutter der Familie Haynes teilte mit, dass sie den Tag heute weitgehend am Pool verbringen würden.

»Dennis und ich«, meinte Mrs Roberts daraufhin, »fahren gleich los nach Los Angeles. Wir haben Eintrittskarten fürs Ozeaneum.«

»Cool, da will ich auch hin!«, rief die Tochter der Haynes-Familie.

»Aber nein, Chloe«, sagte Mrs Haynes. »Wir haben ausgemacht, dass wir für den Rest des Urlaubs unsere Ruhe hier in der Anlage genießen. Keine Ausflüge mehr!«

Das Mädchen gab einen *Hmpf*-Laut von sich und schob sich den nächsten Löffel Müsli in den Mund.

Justus, Peter und Bob beendeten das Frühstück und verließen den Raum. Als Letztes hörten sie, wie Chloe ihren Eltern sagte, dass sie schon mal nach draußen gehen wollte.

Auf der Außentreppe holte das Mädchen die drei ??? ein. »Nun mal raus mit der Sprache«, meinte es altklug. »Was geht hier vor?«

Peter beugte sich zu ihr. »Wie meinst du das, Chloe?«

»Na, ihr beobachtet hier alles. Du weißt sogar, wie ich heiße.«

»Kunststück! Ich musste nur zuhören. Deine Mutter hat vorhin deinen Namen genannt.«

»Aber die meisten hätten das nicht mitbekommen«, sagte Chloe begeistert.

»Da hast du wahrscheinlich recht«, sagte Justus. »Aber wie kommst du darauf, dass …«

»… ihr alles beobachtet? Na ja, ich habe Augen im Kopf.« Chloe strahlte übers ganze Gesicht und pustete sich eine ihrer wilden roten Locken aus der Stirn. »Siehst du? Genau hier!« Sie deutete mit Zeige- und Mittelfinger der rechten Hand auf ihre Augen. »Ich hab auch mitbekommen, dass gestern beim Abendessen was los war.«

Die drei ??? wechselten einen raschen Blick. »So?«, fragte Peter. »Was denn?«

»Jemand hat dich zusammengeschlagen.« Sie drehte sich zu Bob. »Und du bist den Baum runtergeklettert, einem Einbrecher hinterher.«

»Das hast du ziemlich gut beobachtet«, sagte Justus verblüfft. »Weiß das sonst noch jemand?«

Chloe schüttelte den Kopf. »Ich wollte es Mama erzählen, aber die hat nur die Nase in ihr Buch gesteckt und ›Nachher, Schatz‹ gesagt. Das nervt richtig.«

»Kann ich mir vorstellen«, sagte Bob.

»Manchmal ist sie echt seltsam«, plapperte Chloe weiter. »Zum Beispiel hat sie mich Chloe genannt, obwohl sie selbst Clea heißt! Die meisten Leute, die wir kennenlernen, bringen das durcheinander.«

»Das kann ich mir auch vorstellen«, sagte Bob.

»Ich bin früher vom Essen weg, weil ich schon fertig war, so wie jetzt auch. Da habe ich das gesehen. Ich wollte euch helfen, aber hab mich nicht getraut.«

»Gut, dass du dich nicht eingemischt hast«, lobte Justus. »Das wäre sehr gefährlich gewesen, weißt du?«

»Ich bin aber kein Baby mehr, ich bin sieben! Und später habe ich gesehen, wie ihr euch mit Peter unterhalten habt.« Sie stemmte die Arme in die Hüfte. »Ich frag mich, wer ihr seid. So was wie geheime Spezialagenten?«

Peter grinste breit. »Fast. Wir sind Detektive.«

»Cool.« Chloe strahlte. »Wie Sieglinde Schnüffel, oder?«

Von Sieglinde Schnüffel hatten die drei ??? noch nie gehört und Peter fand, dass das eher nach einem Warzenschwein klang, aber wahrscheinlich war es eine Detektivsendung im Fernsehen. »So ähnlich«, sagte er vage.

»Und wen jagt ihr?«

»Das wissen wir nicht genau«, sagte Justus. »Hast du denn noch mehr gesehen, Chloe? Zum Beispiel, wo die beiden Einbrecher hergekommen sind oder wie sie genau aussahen?«

»Nö, leider nicht. Hat Peter euch ankaschiert?«

»Äh – was?«, fragte Bob, ehe er begriff, was das Mädchen meinte. »Ja, er hat uns engagiert. Er ist unser Auftraggeber, aber das darf sonst keiner wissen. Du kannst doch schweigen, oder?«, raunte er verschwörerisch.

Chloes Augen weiteten sich. »Klar! Und ich kann für euch die Augen offen halten.« Sie grinste Justus an. »Du erinnerst dich doch, dass ich welche habe, oder?«

»Tue ich«, versicherte der Erste Detektiv. »Und ich weiß

auch, dass Kinder oft besser beobachten als Erwachsene. Also, wenn du irgendetwas Auffälliges siehst, sag uns Bescheid. Und erzähl niemandem, dass wir hier ermitteln. Das ist unser Geheimnis, okay?«

»Klar!«, sagte sie wieder, und sie klang begeistert.

»Guck mal hier, für dich«, sagte Bob und zog eine ihrer Visitenkarten aus der Hosentasche.

»Was ist das?«, fragte Chloe und las vor.

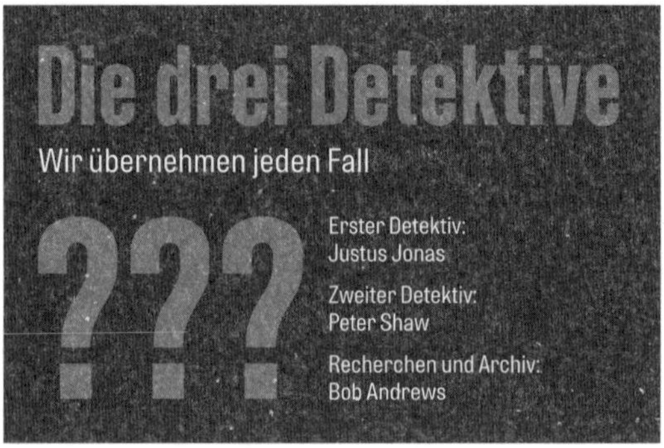

»Super!«, meinte das Mädchen. »Meine berühmten Augen und ich, wir passen jetzt für euch auf!« Damit eilte Chloe weiter, am Pool vorbei zur Terrasse ihrer Ferienwohnung.

»Die sind wir erst mal los«, flüsterte Justus. »Mit etwas Glück kann sie uns zwar tatsächlich helfen, aber wir müssen aufpassen, dass sie uns nicht verrät oder allzu auffällig ist.«

PJ kam auf sie zu. »Ist nichts passiert in der Zwischenzeit«, sagte er. »Nur Angelina Morrison ist weggefahren. Sie ist viel unterwegs. Hier wohnt sie übrigens im Stockwerk über Finn

Levine und den Haynes. Ganz allein in der großen Wohnung. Aber die ist viel weniger nobel als der Hochthron und deshalb nicht ganz so teuer.« Er grinste.

»Dann müssen wir ihre Wohnung besonders im Auge behalten«, sagte Bob. »Und die von Mrs Roberts und Mr Bentley, wenn sie später aufbrechen. Aber wir müssen auch davon ausgehen, dass die Einbrecher nach gestern Abend vorsichtiger geworden sind.«

In der nächsten Stunde geschah nichts Außergewöhnliches. Alle gingen in ihre Wohnungen und lüfteten, ehe es zu heiß dafür werden würde. Dennis Bentley und Scarlett Roberts verließen das Ferienparadies und fuhren mit röhrendem Auspuff los nach L.A.

Die drei ??? machten es sich auf den Liegen beim Pool bequem und warteten auf PJ. Sie hatten ihn gebeten, ihnen alles über die in den Wohnungen ausgestellten Stücke zu erzählen. Konnte vielleicht doch eines besonders wertvoll sein? Oder beinhalteten sie alle zusammengenommen ein Geheimnis? Irgendeinen Grund musste es ja geben, dass ihre Gegner sich ausgerechnet für diese Stücke interessierten. Vielleicht hing alles mit PJs Vergangenheit als Rockstar zusammen.

Doch ehe ihr Auftraggeber kam, wurde plötzlich die Terrassentür der Wohnung der Haynes aufgerissen. Sie lag neben der von Finn Levine.

Mrs Haynes stürmte ins Freie. Sie fuchtelte mit den Armen, schaute über die Schulter zurück und stolperte dabei. Sie fiel hin und landete direkt vor der Terrasse auf dem Boden. »Hilfe!«, schrie sie. »Hiiilfeee! Chloe und Theodore sind noch da drin! Helft ihnen!«

Peter flitzte als Erster los zu Mrs Haynes, Bob und Justus dicht hinterher. »Was ist mit Ihnen passiert?«, fragte der Zweite Detektiv.

»Das … das Monster!«, rief sie. »Es ist da drin und …« Sie schob sich noch auf dem Boden sitzend rückwärts weg. »Diese Augen! Diese entsetzlichen Augen und die Krallen!«

Die Nachwuchs-Detektivin

Plötzlich sprang Clea Haynes auf und wies zur offenen Terrassentür. »Da! Es kommt!« Ihre Stimme bebte vor Angst und Entsetzen.

Doch da war – nichts. Kein Monster.

Stattdessen kam Theodore, Mrs Haynes' Ehemann, ins Freie. »Clea«, rief er.

»Wo ist Chloe? Ist sie in Sicherheit?!« Ihre Augen weiteten sich. »Nein! Da ist es wieder!« Sie kam auf die Füße und ihr ausgestreckter Arm wies an ihrem Mann vorbei. »Die Schuppen! Wie ein Drache! Oh nein … Die Schnauze glüht … Das Monster spuckt bald Feuer! Und diese Zähne! Chloe! Chloe!«

Theodore Haynes packte die Hände seiner Frau. »Da ist nichts«, sagte er, seine Stimme klang verwirrt und erschrocken. »Beruhige dich!«

Sie riss sich los. »Es stampft an uns vorbei! Hier, jetzt vor dem Pool! Ihr müsst es doch sehen!«

»Clea …«, sagte Mr Haynes. »Alles ist in Ordnung.«

Nun kam auch Chloe auf die Terrasse. Ihr Blick huschte von ihren Eltern zu den drei ???, zum Pool und zurück. »Mama?«

»Das Monster! Da! Jetzt säuft es aus dem Pool!«

Die Wasseroberfläche lag völlig ruhig und unbewegt in der Vormittagssonne. Mr Haynes legte den Arm um seine Frau und zog sie mit sich, zurück zur Wohnung. »Ist ja gut, Clea … du hast geträumt. Hier ist nichts. Komm, beruhige dich, es ist alles in Ordnung!«

»Ich soll geträumt haben? Ich habe noch nicht mal geschlafen«, protestierte seine Frau, aber nun klang sie nicht mehr panisch-ängstlich, sondern eher verwirrt. »Siehst du es denn nicht? Aber ihr … ihr seht es doch?«, fragte sie die drei Detektive.

»Alles ist in Ordnung«, sagte Justus. »Kein Monster. Ihr Mann hat bestimmt recht.«

Gleichzeitig stellte sich Chloe zu den Jungen. »Was ist mit Mama los?« Sie sah völlig verwirrt aus.

»Ihr geht es bestimmt gleich wieder gut«, sagte Bob. »Hat sie sich schon mal etwas eingebildet?«

»Du meinst, eine Hallo… so eine Hallruna… so ein Dingsda halt? Nein, nie.«

Nun beugte sich Mrs Haynes vornüber und stützte die Hände auf die Knie. »Ich … ich weiß nicht, was …« Sie schloss die Augen. »Ich … Vielleicht habe ich wirklich geschlafen. Aber hört ihr die Musik? Das tut ja in den Ohren weh! Wo kommt das jetzt plötzlich her?«

»Da ist keine Musik«, versicherte Justus. »Setzen Sie sich doch erst mal hin, Mrs Haynes.«

»Ja, Mama«, meinte Chloe. Das Mädchen packte die Hand seiner Mutter und drückte sie fest.

Mr Haynes führte seine Frau zu einem der Liegestühle am Pool. Immerhin bildete sie sich nicht mehr ein, das Monster zu sehen, sodass sie sich dort hinsetzen konnte. Ihre Familie drängte sich um sie und die drei ??? behielten das Geschehen besorgt im Auge.

Finn Levine kam auf die Terrasse seiner Wohnung. »Alles in Ordnung?«

»Ja, ja«, rief Mr Haynes. »Danke, alles okay.« Allerdings klang er nicht so, als würde er das wirklich glauben.

Trotzdem zog sich Mr Levine wieder in seine Wohnung zurück. Dafür kam PJ von der Rezeption her und eilte zu ihnen. Mr Haynes gab eine knappe Erklärung ab.

»Das kann kein Zufall sein«, sagte Bob derweil zu seinen Freunden. »Wenn sie sonst nicht unter Halluzinationen leidet, werden sie nicht ausgerechnet jetzt ausbrechen.«

»Das sehe ich genauso, Kollege«, stimmte Justus zu. »Auch das hängt mit unserem Fall zusammen. Fragt sich nur, wie.«

»Hört mal«, rief Mrs Haynes. »Ihr – ihr auch, Jungs. Kommt bitte her.«

Die drei ??? folgten der Aufforderung.

»Tut mir leid, dass ich euch einen Schreck eingejagt habe«, sagte sie. »Vor allem dir, Chloe. Es ist alles wieder in Ordnung. Mir … mir geht's gut, ich bin nur sehr müde.« Sie sprach undeutlich und lallend. »Ich weiß auch nicht, was los ist. Ich hatte ziemlich viel Stress vor dem Urlaub. Vielleicht bin ich einfach total überreizt. Macht euch keine Sorgen, Chloe, Theodore – ich bin wieder in Ordnung.«

Das Mädchen umarmte seine Mutter, und diese drückte ihre Tochter fest.

»Komm, wir gehen zurück in die Wohnung, Liebes«, sagte Mr Haynes. »Leg dich ein bisschen hin. Chloe, kannst du dich für eine Weile selbst beschäftigen? Ich helfe Mama, dann …« Er brachte den Satz nicht zu Ende. Der Schreck war ihm deutlich anzusehen und auch, dass er sich überfordert fühlte.

»Wir kümmern uns um Ihre Tochter«, versicherte Justus. »Wir haben vorhin schon miteinander gesprochen. Das geht in Ordnung, oder, Chloe?«

»Klar.«

Mr Haynes nickte. »Gut. Aber bleibt bitte hier auf dem Grundstück.«

»Logisch, Papa. Oder denkst du, die drei wollen mich entführen? Das sind doch … oh.« Sie schlug die Hand vor den Mund. »Meine Freunde«, sagte sie dann.

Peter lächelte.

Das Ehepaar zog sich in die Wohnung zurück und auch PJ ging wieder ins Haus.

»Ihr habt doch irgendetwas vor«, sagte Chloe.

»Gut kombiniert«, lobte Justus. »Du gibst eine gute Nachwuchs-Detektivin ab. Ich denke, du brauchst dir keine Sorgen um deine Mutter zu machen.«

»Mach ich auch gar nicht. Ihr geht's ja wieder gut.«

Der Erste Detektiv nickte. »Sehr gut, Chloe. Hör zu. Ich glaube, wir haben einen dummen Fehler gemacht.«

»Wir?«, fragte das Mädchen.

»Wir drei«, präzisierte Justus. »Nicht du. Bitte geh doch mal kurz in eure Wohnung. Tu so, als ob du dir was zu trinken holst. Und dabei schau nach, ob etwas verschwunden ist. Es gibt doch da bestimmt ein Ausstellungsstück irgendwo an der Wand oder in einer Vitrine oder so. Etwas, das aus ...«

»Du meinst diesen großen Plan?«, unterbrach Chloe.

Peter merkte auf. Ein Plan? Was konnte das für ein Plan sein? Handelte es sich dabei etwa um eine Art – Schatzkarte? War der Einbrecher vielleicht gezielt dahinter her gewesen, hatte aber nicht gewusst, in welcher Wohnung er suchen musste? Die Idee drängte sich dem Zweiten Detektiv spontan auf, aber sie klang doch weit hergeholt. Zumal der Dieb ja auch die anderen Ausstellungsstücke mitgenommen hatte. Und ein paar Socken konnten bei einer vermuteten Schatzsuche sicher keine Rolle spielen.

»Wahrscheinlich meine ich genau das«, sagte Justus. »Sieh nach, ob der Plan noch da ist.«

Chloe nickte und ging in die Wohnung.

Peter wartete, bis sie außer Hörweite war. »Du glaubst also, dass die Einbrecher diese Ablenkung inszeniert haben, um in die Wohnung eindringen und wieder etwas stehlen zu können?«

Justus knetete seine Unterlippe, wie häufig, wenn er scharf nachdachte. »Kommt mir sehr wahrscheinlich vor. Ein dummer

Fehler, dass wir nicht sofort daran gedacht haben. Fragt sich nur, wie unsere Gegner das gemacht haben.«

»Oder ob Mrs Haynes einfach nur ein sehr gutes Schauspiel abgeliefert hat, nachdem sie selbst diesen Plan gestohlen hat!«, sagte Bob.

Justus pfiff leise durch die Zähne. »Interessante Idee, Bob. Aber in ihrer Wohnung hätte sie ohnehin schalten und walten können, wie sie will. Dazu hätte sie nicht ein solches Theater … ach, verflixt!«

»Was ist?«, fragte Peter.

Der Erste Detektiv kam nicht zu einer Antwort, weil Chloe zurückkam. In der Hand hielt sie ein Glas mit Wasser. »Der Plan ist wirklich verschwunden«, raunte sie mit Verschwörerstimme. »Den hat jemand gestohlen.«

Also bestätigte sich zumindest dieser Teil des Verdachts.

»Was war das für ein Plan?«, fragte Justus das Mädchen.

»Na, von einem Gebäude«, antwortete Chloe, »wo alles ist und so.«

»Weißt du, von was für einem Gebäude?«

»Nein.«

Hier kamen sie erst mal nicht weiter. »Was hat deine Mutter gemacht«, fragte Bob deshalb, »ehe sie … na ja, ehe sie sich das Monster eingebildet hat?«

»Sie saß draußen auf der Terrasse und hat Tee getrunken und in ihrem Buch gelesen.« Chloe schloss die Augen, um besser nachdenken zu können. »Auf der Liege. Wenigstens war das so, bevor ich in mein Zimmer gegangen bin. Kurz bevor sie ausgeflippt ist, ist sie reinkommen und auf die Toilette gegangen. Da kommt sie bei mir am Zimmer vorbei, und ich hatte die Tür weit offen, deshalb habe ich das mitbekommen. Mama sah da irgendwie ganz grün um die Nase aus. Als wäre ihr total schlecht.«

»Bist du dir sicher, dass sie Tee getrunken hat?«, hakte Justus nach.

»Klar, sonst hätte ich das ja nicht gesagt. Das macht sie jeden Tag um diese Zeit. Außerdem steht die Thermoskanne noch auf dem Terrassentisch.«

»Chloe, kannst du hingehen und sie uns holen? Trink aber nichts davon!«

Das Mädchen reckte beide Daumen nach oben. »Wird erledigt. Ach, was wärt ihr bloß ohne mich?«

Als Chloe wieder verschwunden war, sagte Justus: »Meine Theorie: Jemand hat in einem unbemerkten Moment eine starke Droge in den Tee getan, die die Halluzination ausgelöst hat. Oder schon vorher die Droge in die Kanne gegeben, vielleicht ein Pulver, im Wissen, dass es früher oder später die Halluzination auslösen wird. Im Trubel danach, als wir uns alle auf die arme Mrs Haynes konzentriert haben, ist der Täter – wahrscheinlich durch das Fenster – heimlich in die Wohnung eingedrungen, hat sich das Ausstellungsstück geschnappt und ist sofort wieder verschwunden. Eine Sache von einer Minute, vielleicht ein wenig mehr.«

»Das klingt zwar logisch«, sagte Peter, »aber auch total kompliziert und unsicher. Warum mit so einem Aufwand? Das bringt doch Aufmerksamkeit ohne Ende mit sich. Und woher nimmt man so eine Droge? Man kann ja kaum in die Apotheke gehen: ›Guten Tag, ich hätte gern eine Droge, die Halluzinationen auslöst.‹ Die bekommt man nicht an jeder Straßenecke.«

»Das habe ich ja auch nicht behauptet«, sagte Justus. »Wenn meine Theorie stimmt, gibt uns das weitere Hinweise. Dann haben wir es nicht mit irgendwelchen Gelegenheitseinbrechern zu tun, sondern mit Kriminellen, die über bestimmte Verbindungen verfügen. Aber warum eine derart komplizierte Methode gewählt wird, das darfst du mich nicht fragen. Denn da gebe ich dir recht, Kollege – das erscheint unlogisch.«

»Wahrscheinlich haben sie irgendwie versucht, die ganze Familie aus der Wohnung zu bringen, weil sie doch keinerlei Ausflüge mehr machen«, sagte Bob.

»Dafür hätte auch das Abendessen gereicht«, sagte Justus. »Nein, da muss mehr dahinterstecken!«

Chloe kam mit der Thermoskanne in der Hand zurück.

Bob nahm sie ihr ab, drehte den Deckel ab und schaute hinein. Sie war noch halb gefüllt. Die Flüssigkeit war leicht grünlich. Vorsichtig schnupperte Bob daran. »Eine Kräuterteemischung. Riecht ziemlich süßlich. Vielleicht mit Süßholz oder so.«

»Mama hasst süßen Tee«, erklärte das Mädchen.

»Danke, Chloe«, sagte Justus. »Und jetzt schau mal nach deiner Mutter, ich glaube, sie braucht dich.«

Die drei ??? sahen dem Mädchen nach, wie es zurück in die Wohnung ging. Sie mussten herausfinden, wer ihrer Mutter so übel mitgespielt hatte … und warum!

Erwischt!

»Okay, wir müssen uns jetzt um mehrere Sachen kümmern«, sagte Justus, als sie alleine waren.

»Ich werde analysieren, ob sich tatsächlich irgendwas in diesem Tee befindet«, sagte Bob. »Ich habe auch schon eine Idee, wie das klappen könnte.« Er schilderte kurz seine Gedanken.

»Sehr gut, Kollege!« Justus deutete auf das vordere Haus. »Peter und ich werden uns um Angelina Morrisons Wohnung kümmern.«

»Du meinst ...« Peter stockte. »Darauf wolltest du vorhin also hinaus, als Chloe uns unterbrochen hat. Die Einbrecher könnten während des Tumults nicht nur bei den Haynes eingedrungen sein, sondern auch bei Mrs Morrison!«

»Das befürchte ich. Die Wohnung liegt direkt darüber. Lasst uns loslegen. Bob, wir geben dir so schnell wie möglich Bescheid, falls wir etwas herausfinden. Und melde du dich auch.«

Also trennten sich die drei ???, und der Erste und der Zweite Detektiv gingen ins Haus zu Mrs Morrisons Wohnung. Justus'

Verdacht bestätigte sich sofort. Das Schloss war geknackt worden, die Tür war nur angelehnt. Als Peter sie aufdrückte, schwang sie leicht quietschend ins Innere.

»Ich vermute: zwei Einbrecher, zwei gleichzeitige Einbrüche«, kommentierte Justus. Er dachte angestrengt nach. »In beiden Fällen sind sie sehr schnell und zielsicher vorgegangen. Die kurze Zeit, als sich alles auf Mrs Haynes konzentrierte, haben sie bestens ausgenutzt.«

Sie betraten die Wohnung. Peter rief PJ auf dem Handy an, und der Ex-Rockstar versprach, sofort zu kommen. In der Wohnung schien alles unversehrt – bis auf eine kleine Vitrine unter dem Fenster. Deren Glas war zerbrochen, und was immer sich darin befunden hatte, war gestohlen worden.

Die Schurken waren den drei ??? momentan immer einen Schritt voraus.

Hinter sich hörten die beiden Detektive das leise Quietschen der Tür. PJ kam. Zumindest dachten Justus und Peter das.

Stattdessen hörten sie eine empörte Frauenstimme: »Ich sehe wohl nicht richtig! Was habt ihr denn hier zu suchen?«

Sie fuhren herum.

Angelina Morrison stand im Türrahmen. Der Zorn war ihr deutlich ins Gesicht geschrieben. Sie hatte die Sonnenbrille hoch in die Haare geschoben und hielt ein Handy in der Hand. »Aber das könnt ihr gleich der Polizei erzählen!«

»Bitte warten Sie, Mrs Morrison«, sagte Peter. »Es – es ist nicht das, wonach es aussieht.«

»Ach? Hat das schon jemals gestimmt, wenn jemand diesen

Satz gesagt hat, außer in einer schlechten Komödie? Und selbst da stimmt es ja meistens nicht! Wisst ihr, wonach es für mich aussieht? Ihr seid hier eingebrochen, und ihr habt hier nichts, aber auch gar nichts zu suchen!«

»Ich verstehe, dass Sie das denken«, sagte Justus, »aber nicht wir sind hier eingebrochen, sondern …«

»Wie bitte? Dann steht auch gar nicht *ihr* in der Wohnung, die *ich* gemietet habe, ja? Ich glaube nicht, dass ich mir euch nur einbilde! Oder könnt ihr nichts dafür, weil euch ein paar Außerirdische hierherteleportiert haben? Vielleicht seid ihr gar selbst Außerirdische?« Ihre Stimmt triefte vor Hohn, und sie sah aus, als würde sie gleich vor Wut explodieren.

»Lassen Sie es uns bitte erklären«, forderte Peter.

»Ja, Angelina«, sagte PJ, der unvermittelt hinter ihr in der Tür stand. »Die beiden sind auf meinen Wunsch hier.«

Sie wandte den Kopf. »Und das soll es jetzt besser machen, ja? Das sehe ich ü-ber-haupt nicht so!«

PJ hob beschwichtigend die Hände. »Du bist doch Stammgast bei mir. Du kennst mich und weißt, dass ich …«

Sie atmete tief durch. »Okay, okay, dann erklär mir, was die beiden hier zu suchen haben und warum ich nicht die Polizei rufen sollte. Ich gebe dir eine Minute.«

»Danke, Angelina. Noch mal, du weißt, dass deine Privatsphäre hier absolut …«

»Fünfundfünfzig Sekunden«, sagte sie kalt.

PJ nickte hastig. »Gehen wir rein, ja? Es muss sonst niemand hören.«

»Fünfzig.« Immerhin trat sie ein paar Schritte vor und ließ auch den Hausherrn in die Wohnung.

»Ich habe momentan Probleme mit einem Einbrecher«, erklärte PJ. »Der Vorfall in deiner Wohnung ist leider nicht der erste, aber kein Gast ist dabei bislang zu Schaden gekommen. Also, ich meine … niemandem wurde etwas gestohlen. Es geht dem Dieb nur um meine Ausstellungsstücke. Diese beiden Jungen hier …« Er deutete auf Justus und Peter. »Sie sind … also …«

»Wir sind Detektive«, erklärte Justus.

»Ihr spielt Sherlock Holmes und Dr. Watson?«

Der Erste Detektiv verzog leicht angesäuert die Mundwinkel. »Ganz so würde ich es nicht nennen. Wir nennen uns die drei ??? und haben bereits einige Erfolge vorzuweisen. Man könnte uns ehrenamtliche Mitarbeiter der Polizeidirektion von Rocky Beach nennen.«

»Rocky was?«

»Das ist eine kleine Stadt nicht weit von hier.«

Mrs Morrison verschränkte die Arme vor der Brust. »Die muss man wohl nicht kennen! Und ihr macht hier also Urlaub und spielt nebenbei auch ein bisschen Detektiv?«

»Ich habe sie engagiert, Angelina«, erklärte PJ. »Das sollte keiner wissen, aber ich ziehe dich hiermit ins Vertrauen.«

»Bleibt dir wohl auch nichts anderes übrig«, meinte sie schnippisch. »Warum holst du dir ein paar Jugendliche, anstatt die Polizei anzurufen? Und waren die gestern nicht eigentlich zu dritt?«

»Unser Kollege geht einer anderen Spur nach«, erklärte Justus. »Außerdem können wir unauffälliger vorgehen als die Polizei. Wenngleich wir, das muss ich eingestehen, soeben nicht sonderlich unauffällig agiert haben.«

»Bitte, Angelina«, sagte PJ, »lass es dabei bewenden. Ruf nicht die Polizei. Vielleicht hört das Ganze jetzt sowieso auf. Fast alle Ausstellungsstücke sind gestohlen worden, und ob der Einbrecher sich jetzt noch mal hierhertraut, ist fraglich. Hoffentlich ist das das Ende der Geschichte. Hör mal, willst du als kleine Entschädigung in die teure Wohnung drüben im anderen Haus ziehen? Neptuns Hochthron steht leer, solange du da bist.«

Das schien ihr zu gefallen. »Na gut! Da wollte ich sowieso schon immer mal wohnen, aber es war mir einfach zu teuer.«

PJ streckte den Arm aus. »Hand drauf!«

Sie schlug ein. »Aber ich verlasse mich drauf, dass ich dort oben wirklich meine Ruhe haben werde und keiner dort eindringt oder sonst was!«

»Natürlich«, sagte Peter. »Äh, PJ, wir müssten nur jetzt gleich noch ein letztes Mal dort oben rein. Dauert nur eine Minute.«

»Warum denn?«, fragte Mrs Morrison misstrauisch.

»Nur etwas nachsehen.« Dass es Peter eigentlich darum ging, die Wanze zu entfernen, die immer noch im Riffgestein klebte, verschwieg er. Das hätte der ohnehin entrüsteten Frau sicher nicht gefallen …

Bob erwischte zum Glück eine staufreie Zeit und kam rasch nach Rocky Beach. Für das, was der dritte Detektiv vorhatte, brauchte er die Hilfe seines Vaters. Er hoffte, dass dieser zu Hause war – die Chancen standen gut, denn er arbeitete gerade an der Endfassung einer großen Reportage, für die er im Büro keine Ruhe hatte. Mr Andrews war Reporter der L.A. Post, einer großen Tageszeitung in Los Angeles.

Bob parkte vor seinem Elternhaus. Die Thermoskanne ließ er im Wagen und ging rein. Seine Eltern saßen zusammen am Tisch und spielten Scrabble. Anscheinend hatte sein Vater den Artikel beendet oder brauchte gerade eine Pause. Das Spielbrett war bereits gut mit Buchstabenplättchen belegt.

»Bob«, sagte seine Mutter geistesabwesend. Sie suchte offenbar nach der nächsten guten Anlegemöglichkeit. »Dachte, du kommst erst in ein, zwei Tagen, wenn ihr euren Fall abgeschlossen habt.«

»Keine Ahnung, ob wir das schaffen, und wenn ja, wie schnell es uns gelingt«, erwiderte der dritte Detektiv. »Wir sind dran und es ist alles andere als einfach.«

Sein Vater blickte auf. »Wie kann ich dir helfen?«

»Woher weißt du …?«

»Ich kenne dich, Bob. Ich höre dir an, dass du Hilfe brauchst, und die Erfahrung sagt, dass du sie wahrscheinlich von mir brauchst, nicht von deiner Mutter. Eine meiner Verbindungen bei der Zeitung oder …«

»Gut kombiniert, Dad! Aber es geht mir eher um einen Kontakt bei deiner alten Universität.«

»Ruxton?«, fragte Mr Andrews.

Bob nickte. Die drei ??? hatten dort selbst schon einiges

erlebt und kannten die eine oder andere Person – aber die Verbindungen seines Vaters waren besser. »Kennst du einen Chemiker dort, der eine Analyse für mich durchführen würde?«

Sein Vater musste keine Sekunde nachdenken. »Der alte Krueger. Er ist dort seit gefühlten hundert Jahren Chemieprofessor. Und er schuldet mir sowieso noch einen Gefallen.«

»Hervorragend! Kannst du ihn anrufen und sagen, dass ich etwas vorbeibringe?«

»Wahrscheinlich jetzt sofort?«

Bob grinste. »Am besten schon vor einer Stunde, Dad. Ich würde so schnell wie möglich zu ihm fahren.«

Also unterbrachen seine Eltern ihr Spiel, und sein Vater ging in sein Arbeitszimmer, um die Telefonnummer zu suchen. Bobs Mutter nutzte die Chance, ihren Sohn auszufragen, worum es ging.

Der dritte Detektiv blieb kurz angebunden. »Du weißt doch, dass ich über laufende Ermittlungen nicht gerne rede.« Um seine Mutter abzulenken, schaute er auf ihre Buchstabenplättchen und aufs Spielbrett. Er entdeckte eine super Möglichkeit. »Hier, Mom – du kannst die beiden Wörter in dieser Reihe verbinden. Mach aus SPEZIAL und LAGER einfach SPEZIALGELAGERT.«

»Was?« Sie musste lachen. »Was ist denn das für ein verrücktes Wort? Gibt es das überhaupt?«

»Ach«, meinte Bob abwinkend, »das geht schon. Wenn Dad sich beschwert, sag einfach, es handelt sich dabei um einen Sonderfall.« Er ging in die Küche und holte sich etwas zu trinken.

Sein Vater kam dazu. »Ich habe Fred erreicht. Hier sind seine Adresse und seine Telefonnummer. Er weiß, dass du am liebsten heute noch bei ihm auftauchen willst.«

»Danke!« Bob strahlte. »Und übrigens auch dafür, dass du gar nicht nachbohrst, worum es geht.«

»Hättest du es mir verraten?«

»Nein.«

»Siehst du – erwischt!« Mr Andrews winkte ab. »Ich hoffe, du hast deiner Mutter nicht beim Scrabble geholfen.«

»Ebenfalls erwischt! Du kennst mich einfach zu gut.«

Bob verabschiedete sich von seinen Eltern, ging zurück zum Wagen und fuhr los Richtung Uni Ruxton.

Es ist nicht alles Gold, was glänzt

Während Peter die Wanze holte, ging Justus mit PJ in die Rezeption. Auf Bitten des Ersten Detektivs schrieb der Ex-Musiker genau auf, welche Ausstellungsstücke sich in den Wohnungen befunden hatten – mit allen ergänzenden Details, die Justus dazu aus ihm herauslocken konnte. So waren zum Beispiel die roten Socken von der Marke Falkington und das Sprungtuch aus ihrem Zimmer hatte zu dem Trampolin gehört, das bei PJs erstem großem Konzert rechts hinter dem Schlagzeuger im Bühnenboden montiert gewesen war.

»Und wie genau glaubst du, dass das weiterhelfen könnte?«, fragte PJ.

»Das weiß ich nicht«, musste Justus zugeben, »aber es gehört zur Detektivarbeit, so viele Informationen wie nur irgend möglich zusammenzutragen. Oft können zwei davon, die scheinbar gar nichts miteinander zu tun haben, unerwartet zusammenpassen und alles in ein ganz neues Licht rücken. Oder sie passen eben *nicht* zusammen, und es stellt sich heraus, dass eine davon falsch ist, weil jemand gelogen hat. Nur weiß man im Vorfeld eben nie, welche Informationen später einmal wichtig werden.«

»Klingt logisch«, sagte PJ und er schien beeindruckt zu sein.

Auf der Liste stand außerdem neben der Bassgitarre aus Finn Levines Wohnung die signierte VIP-Eintrittskarte für den Backstagebereich beim Vice-Hall-Konzert, die sich in der Vitrine in Angelina Morrisons Wohnung befunden hatte. Und natürlich der Lageplan, von dessen Verschwinden die kleine Chloe berichtet hatte.

PJ erklärte, dass der Plan die Vice Hall in Los Angeles zeigte. »Ich habe ihn damals mitgenommen, als ich mein legendäres Abschlusskonzert gegeben habe. Aber auch hier gilt, dass das eher einen sentimentalen Wert hat oder bestenfalls noch als Sammlerstück für irgendwelche Fans dienen könnte. Der Plan wurde damals tausendfach gedruckt, für alle, die in der Halle Veranstaltungen durchgeführt haben. Er zeigt die Garderoben, die elektrischen Anschlüsse, die Backstage-Möglichkeiten, die Fluchtwege … all solche Sachen. Aber den könnte man sich auch einfach aus dem Internet herunterladen. Es ist einfach nur das alte Exemplar, von mir mit dem Konzertdatum signiert.«

Auf den ersten Blick brachten diese Infos sie nicht weiter, aber Justus zeigte sich deshalb nicht weniger enthusiastisch. Er würde die Liste an Bob schicken, der sich genauer mit den einzelnen Gegenständen beschäftigen konnte – nicht umsonst war er für die Recherchen zuständig. Zum Schluss fragte Justus nach dem letzten noch nicht gestohlenen Ausstellungsstück, das sich in der Wohnung des jungen Paares befand.

»Da liegt das goldene Mikro in einer Glasvitrine«, sagte PJ.

Justus merkte auf. »Und das sagst du jetzt erst und einfach so? Das ist doch …«

»Nein, nein«, unterbrach PJ. »Ich ahne, was du denkst, Justus. Aber das Mikro ist nicht wirklich aus Gold. Es ist mit Goldspray überzogen und nicht mal ein echtes Mikro. Nur eine Art … Trophäe. Ich habe es von der Plattenfirma bekommen, zur Feier von zwei Millionen verkauften Tonträgern, weißt du? Das Mikro ist nur ein Symbol, mehr nicht.«

»Trotzdem können wir davon ausgehen, dass die Einbrecher auch dahinter her sind. Und wir müssen verhindern, dass sie es bekommen! Glaubst du, man könnte mit den beiden Mietern sprechen? Dass wir zum Beispiel eine Überwachungskamera installieren, die nur das Mikro und seine unmittelbare Umgebung filmt?« Justus zögerte. Dazu müssten sie die beiden ins Vertrauen ziehen – ein Gedanke, der ihm gar nicht gefiel. »Oder … Wie lange bleiben die beiden denn noch?« Falls sie bald auszogen, eröffnete das ganz neue Möglichkeiten.

»Noch eine Woche«, sagte PJ zu Justus' Enttäuschung. »Und eine Kamera in der Wohnung? Nein, darum möchte ich die beiden nicht bitten.« Damit stand er auf. »Ich muss jetzt los und die Sauna vorbereiten. Scarlett Roberts hat sie gebucht.« PJ grinste. »Wie jeden Tag. Ist eine echte Sauna-Liebhaberin.

Und sie nutzt jedes Mal die Gelegenheit, mir tausend Fragen zu stellen. Die beiden sind große Fans von mir … oder eben von dem Rockmusiker, der ich früher mal war. Die haben nur deshalb hier gebucht. Aber nein, Justus, ehe du fragst – ich traue den beiden absolut nicht zu, dass sie dahinterstecken. Deshalb habe ich das auch nicht schon früher erwähnt. Sie sind Stammgäste.«

»Hm«, machte der Erste Detektiv nur. »Freunde von Verbrechern sind meistens überrascht, wenn sie erfahren, was die getan haben. Was nicht heißen soll, dass ich die beiden ernsthaft verdächtige. Aber ausschließen können wir es auch nicht.«

»Ich schon!«, sagte PJ inbrünstig.

»Hm«, wiederholte Justus.

Gerade als er gehen wollte, huschte ein etwa zehn- bis zwölfjähriger Junge am Fenster der Rezeption vorbei. Er war schlank und hatte dunkelblonde Haare. Sekunden später riss er die Tür auf. »Dad!«, rief er und umarmte PJ stürmisch. Dabei grinste er übers ganze Gesicht.

»Lennox, da bist du ja! Das hier ist Justus.«

Der Junge drehte sich zum Ersten Detektiv. »Hi.«

»Komm mit, hilf mir bei der Sauna«, forderte PJ.

Sie verließen die Rezeption, und Justus ging zu Peter.

Der Zweite Detektiv saß scheinbar gemütlich an den Tischen beim Pool und genoss die Sonne. Tatsächlich hielt er den aufgeklappten Laptop vor sich auf dem Tisch genau im Auge. Er empfing die Bilder der Überwachungskamera, die diesmal so angebracht war – gut versteckt natürlich –, dass sie den Eingang der Wohnung des Pärchens filmte. Die beiden wohnten ja direkt neben dem Zimmer der drei ???. Hinter dem Pool konnte Peter gleichzeitig den Balkon der Wohnung sehen, sodass darüber auch niemand unbemerkt eindringen konnte.

Justus setzte sich zu ihm an den Tisch.

»Bentley und Roberts waren die ganze Zeit in der Wohnung«, sagte Peter. Sie mussten nicht besonders leise sprechen, da sich niemand sonst in der Nähe aufhielt.

Justus schoss ein Foto von dem Zettel, den er mit PJ erstellt hatte, und schickte es an Bob, damit er sich genauer um die Hintergründe kümmern konnte.

»Goldenes Mikro«, las Peter laut. »Echt aus Gold?«

Der Erste Detektiv erklärte ihm die Hintergründe. »Ich überlege, ob wir es aus der Wohnung holen sollen. Und es zum Beispiel in der Rezeption unterbringen, die wir besser überwachen können.«

»Das nützt aber nichts, wenn die Einbrecher nichts davon wissen.«

»Genau das ist die Frage: Was die Täter alles wissen.« Justus knetete seine Unterlippe. »Unsere Gegner scheinen stets bestens informiert zu sein über die Verhältnisse vor Ort. Nimm nur den Zwischenfall mit Mrs Haynes. Die Täter haben es geschafft, unbemerkt eine Droge in die Thermoskanne zu füllen – vorausgesetzt, dass unsere Theorie stimmt. Auf jeden Fall haben sie sofort reagiert und die wenige Zeit perfekt ausgenutzt. Fast als ob …« Justus brach ab.

»Ja?«

»Ich bin überzeugt, sie wissen bestens darüber Bescheid, was hier vor sich geht.«

»Was dafür spricht, dass doch einer der Gäste im Hintergrund die Fäden zieht. Oder einer der Angestellten.« Peter trommelte mit den Fingern auf der Tischplatte. »Wir haben bislang ja nur Daniel kennengelernt. Aber es gibt auch noch die Köchin – ich habe sie vorhin getroffen. Sie heißt Martina.«

»Aber sie ist nicht den ganzen Tag hier«, meinte Justus. »Ebenso wenig wie die Reinigungskraft, die es zweifellos auch gibt. Aber natürlich hast du völlig recht. Wir müssen sie ebenfalls überprüfen.«

Peter seufzte. »Ich habe das Gefühl, wir kommen überhaupt nicht weiter, sondern haben ständig neue Baustellen.«

»Und ich habe das Gefühl«, sagte Justus, »dass wir das wahre Geheimnis in diesem Ferienparadies noch gar nicht angekratzt haben.«

Zwanzig Minuten später sahen sie im Laptop, wie Scarlett Roberts im Bademantel die Wohnung verließ und Richtung Sauna ging, die im Untergeschoss lag. Mr Bentley begleitete sie, aber er trug Straßenkleidung. Eine Weile darauf hörten sie einen Motor anspringen, offenbar fuhr Mr Bentley mit seinem Wagen los.

Sonst geschah nichts Nennenswertes, bis Bob sich via Handy meldete. Der dritte Detektiv war gerade bei der Uni Ruxton angekommen und würde nun den Chemiker treffen, zu dem sein Vater den Kontakt hergestellt hatte. Danach wollte er sich um die Liste mit den Ausstellungsstücken kümmern. »Vielleicht ist eines davon ja doch wertvoll«, meinte Bob. »Oder es hat ein Geheimnis – von dem unsere Gegner zwar wissen, aber nicht, in welchem Ausstellungsstück sie danach suchen müssen.« Bob seufzte. »Klingt ziemlich an den Haaren herbeigezogen. Das wird eine echt ungezielte Suche.«

»Das macht das Ganze doch so wunderbar herausfordernd!« Der Erste Detektiv grinste zufrieden und beendete das Gespräch.

Peter musste mal auf die Toilette. Der Einfachheit halber ging er nicht hoch in ihr Zimmer, sondern unten ins vordere Haus. Dort gab es direkt neben dem Eingang eine kleine, für alle zugängliche Toilette gegenüber dem Speiseraum.

Doch kaum war er im Haus, hörte er ein Hämmern und Klopfen. Er stutzte.

»Hilfe! Ich brauche Hilfe!«

Das war eine Frauenstimme!

Und wieder dieses dumpfe Hämmern, wie gegen eine Wand. Da wollte jemand auf sich aufmerksam machen! Peter drehte sich um.

»Hilfe!«

Es kam aus der Sauna! Das war Mrs Roberts!

»Helft mir doch!«

Peter riss die Tür zum Saunavorraum auf.

Bob hatte den Wagen abgestellt und suchte auf dem Campus der Uni Ruxton nach dem Gebäude, in dem der Fachbereich Chemie untergebracht war. Dorthin hatte ihn Mr Krueger gebeten. Er kam am Studentenloch vorbei, der Kneipe, in der sie bei einem Fall hier an der Uni einiges erlebt hatten. Keine fünf Minuten später betrat er einen etwas altertümlich wirkenden Flachbau und ging einen schnurgeraden Korridor entlang, von dem eine schier unendliche Anzahl an Türen abging. Immerhin waren sie ordentlich mit Nummern beschriftet – von 01/1 über 01/2, 01/3 und so weiter aufwärts.

Zwei junge Frauen kamen an ihm vorbei und nickten ihm kurz zu. Beide schleppten einen Stapel Bücher.

Vor Zimmer 01/45 blieb Bob stehen und klopfte.

»Ja«, schnarrte es aus dem Inneren.

Bob öffnete.

Ein alter Mann saß hinter einem gewaltigen Schreibtisch, auf dem sich eine Menge Ausdrucke, Folien, Stifte, Bücher und sonstiger Krimskrams zu einem beeindruckenden Chaos vereinten. Auf der Rückseite eines klobigen, altmodischen Computerbildschirms klebte eine Postkarte, auf der in Glaskolben und Reagenzgläsern irgendwelche bunten Flüssigkeiten vor sich hin blubberten. *Chemie ist wie Kochen*, stand quer darüber, *aber leck nicht den Löffel ab.*

»Ich bin Bob Andrews«, stellte sich der dritte Detektiv vor. »Mein Vater …«

»Ja, der gute Bill hat dich angekündigt.«

Bob deutete auf die Postkarte. »Guter Spruch.«

»Danke. Weißt du, Chemiewitze sind nur gut, wenn es auch eine passende Reaktion gibt.« Er schwieg kurz. »Re-ak-ti-on, kapiert?«

Bob grinste. »Kapiert.«

»Den Spruch klopfe ich seit Jahrzehnten in meinen Vorlesungen, haha. Aber dein Vater sagte, ich solle etwas für dich überprüfen?«

Bob zog den Rucksack ab und nahm die Thermoskanne heraus. »Hier drin ist Tee. Aber ich vermute, nicht nur. Können Sie herausfinden, ob irgendetwas beigemischt worden ist?«

»Es wäre hilfreich, wenn du eine Ahnung hättest, was.«

»Eine Droge, etwas, das Halluzinationen auslöst.«

»Ein Halluzinogen, soso«, meinte Professor Krueger. »Eine psychoaktive Substanz. Ich glaube schon, dass ich das herausfinden kann, Junge. Aber es wird einige Zeit dauern. Du könntest mir mit mehr Informationen weiterhelfen. Etwas künstlich Hergestelltes? Oder ein Sud aus einem speziellen psilocybinhaltigen Pilz? Oder …« Er musterte Bob. »Es gibt viele Möglichkeiten – aber ich sehe dir an, dass du vermutlich nicht mehr weißt, richtig?«

Bob nickte zerknirscht.

»Na gut. Deine Handynummer habe ich schon von deinem Vater bekommen. Ich melde mich bei dir. Aber rechne heute nicht mehr damit. Mit etwas Glück morgen.«

Eine heiße Angelegenheit

»Lassen Sie das!«, rief Peter. Entschlossen machte er einen Schritt in den Saunavorraum. Er erwartete einen der Diebe zu sehen, der Scarlett Roberts angriff, aber …

… der Vorraum war leer. Drei Liegen standen nebeneinander, auf einer lag ein Handtuch ausgebreitet, darauf ein Bademantel. Auf einer Kommode standen Wasserflaschen und Gläser. Drei bis zur Decke reichende Palmfarne in riesigen Blumenkübeln verteilten sich im Raum.

Einen Augenblick lang fragte sich Peter, was um alles in der Welt hier gespielt wurde. Es war alles still. Kein Hämmern mehr, keine Hilferufe. Stattdessen gähnende Leere, niemand war im Raum. Hatte er sich geirrt? War es doch von oben gekommen, aus der Wohnung von Finn Levine oder der Haynes? Aber irgendetwas stimmte nicht, etwas war anders, als es sein müsste!

Dann fiel es ihm wie Schuppen von den Augen, als das Klopfen wieder einsetzte. Es kam aus der Sauna, die man durch eine gläserne Tür betreten konnte – und die Peter deshalb nicht aufgefallen war, weil einer der riesigen Palmfarne davorstand und seine buschigen, dichten Farnblätter die Tür fast völlig verdeckten. Hinter der Tür, in der Sauna, stand Mrs Roberts, in ein Handtuch gewickelt. Sie war in der Sauna eingesperrt!

»Hier bin ich! Hier! So ein Glück, dass du da bist!«, rief sie. Sie legte die Stirn an der Glastür ab. »Hilf mir raus, schnell! Es ist furchtbar heiß, ich … ich bin total fertig!«

Peter eilte auf sie zu, bückte sich und schob den gewaltigen Kübel beiseite. Oder wollte das zumindest. Auf Anhieb gelang es nicht. Er musste alle Kraft einsetzen, um ihn Stück für Stück zu verrücken. »Gleich, Mrs Roberts! Gleich können Sie raus!« Wie war sie in diese bizarre Situation geraten? Mithilfe eines Riesenblumenkübels in der Sauna eingeschlossen?

Ein neuer Ruck und er hatte es fast geschafft.

»Nur noch einen Moment!« Peter schaute durch die Glastür ins Innere der Sauna. Mrs Roberts saß nun auf der Holzbank, schweißnass, das Gesicht knallrot. Sie schüttelte den Kopf, murmelte irgendwas vor sich hin, das der Zweite Detektiv nicht verstehen konnte. Mit einer letzten Kraftanstrengung bekam er die Tür frei und öffnete sie sofort.

Mrs Roberts taumelte ins Freie. Den Kopf hielt sie gesenkt, eilte zur Liege und ließ sich darauffallen. Sie winkelte den Arm an und legte die Hand auf die Stirn. Nur mit dem Handtuch bedeckt lag sie da.

Peter war die Situation peinlich. »Ähm, ich … Also … Wie konnte denn das passieren?«

»Erst mal danke«, sagte sie. Ihre Stimme klang gepresst. »Mein Kreislauf ist total unten … Es war so furchtbar heiß da drin! Wenn ich da nicht rausgekommen wäre!« Sie ächzte.

Peter sah sich um. Neben der Sauna, jetzt halb durch den verschobenen Palmfarn verdeckt, gab es eine offene Dusche. Peter schnappte sich eins der davor in einem Regal bereitliegenden Handtücher, drehte die Dusche so kalt wie möglich auf und hielt das Handtuch unter den Wasserstrahl. Dann wrang er es aus und reichte es der noch immer völlig überhitzten Frau.

Sie wischte sich damit übers Gesicht und hielt es sich in den Nacken. »Danke, das tut gut. Wenn du nicht gekommen wärst – also, das wäre ja …« Sie brach ab.

»Trinken Sie was!« Peter schenkte ein Glas Wasser ein und reichte es ihr.

Sie nahm hastig einige Schlucke. »Diese Hitze über so lange Zeit – das bin ich nun wirklich nicht gewöhnt.« Ein schweres Atmen, dann: »Ich gehe nicht häufig saunieren, und dann so etwas! Also nein, das war wirklich schrecklich!«

»Darf ich Sie fragen, was passiert ist?« So bizarr es klang, eigentlich gab es nur eine mögliche Herleitung für das, was der Zweite Detektiv gesehen hatte. Ehe sie antworten konnte, mutmaßte Peter deshalb: »Sie waren in der Sauna, als plötzlich jemand von außen diesen riesigen Kübel direkt vor die Tür geschoben hat. Richtig?«

»So dicht davor, dass ich nicht mehr öffnen konnte! Ich habe versucht, die Tür aufzudrücken und den Kübel damit wegzuschieben – keine Chance!« Das Reden strengte sie sichtlich an. »Da drin waren fast neunzig Grad. Neunzig Grad! Das ist ja vielleicht schön, wenn man fünf oder zehn Minuten einfach so dasitzt, aber …« Sie schüttelte fassungslos den Kopf. »Ich dachte, ich sterbe da drin!«

»Man konnte Sie draußen gut hören. Wenn ich nicht gekommen wäre …«

»Darüber will ich gar nicht nachdenken!«

»… hätte Sie bald jemand anderes gehört«, beendete Peter den Satz.

»*Bald!* Jede einzelne Minute da drin war furchtbar!« Sie trank hastig das Glas leer und stellte es neben der Liege auf dem Boden ab.

»Versuchen Sie sich zu konzentrieren«, bat der Zweite Detektiv. »Konnten Sie die Person sehen, die den Kübel vor die Tür geschoben hat?«

»Nein. Nichts. Das ging so schnell, ich lag auf der Bank und hatte die Augen zu, da hörte ich das Geräusch.«

»Auch nicht, als die Person den Vorraum verlassen hat? Und wann war das?«

»Die Pflanze war so dicht, ich konnte nicht nach draußen sehen. Und wann das war? Meine Güte, ich hab keine Uhr an. Es kam mir wie eine Stunde vor!«

Vor einer Stunde, dachte Peter, war sie noch in ihrer Wohnung gewesen. Aber das erwähnte er lieber nicht, weil es eine Menge Fragen nach sich gezogen hätte. Schließlich wusste Mrs Roberts nichts von den drei ???, den Diebstählen und der Tatsache, dass sie ihre Wohnung beobachteten, weil sich darin das letzte noch nicht entwendete Ausstellungsstück befand.

Der Gedanke durchfuhr Peter wie ein Blitz. War das wieder ein Ablenkungsmanöver? Um in Ruhe in die Wohnung eindringen zu können?

Der Gedanke lag nahe, passte aber nicht genau. Schließlich zog diese Sauna-Aktion nicht die Aufmerksamkeit aller anderen auf sich – und Justus beobachtete über die Kamera und durch seinen Standort mit Blick auf den Balkon die Wohnung ja weiterhin. Es konnte niemand unbemerkt eindringen.

Andererseits wusste das der Einbrecher natürlich nicht, konnte nach dem Zusammentreffen im Hochthron höchstens vermuten, dass jemand sehr genau die Augen offen hielt. Aber was wiederum sollte sonst dahinterstecken als eine bizarre Kulisse für den nächsten Einbruchsdiebstahl, um das letzte von PJs Ausstellungsstücken zu stehlen?

»Geht es Ihnen besser?«, fragte der Zweite Detektiv. »Fühlen Sie sich stabil?«

Scarlett Roberts bestätigte: »Ja. Ich werde gleich in meine Wohnung gehen und die Polizei anrufen. Das war ein Anschlag auf mein Leben!«

Peter konnte die Frau gut verstehen – und wollte trotzdem gern verhindern, dass sie die Polizei einschaltete. Der Vorfall musste irgendwie mit den geheimnisvollen Vorgängen im Ferienparadies zusammenhängen … wie auch die plötzlich halluzinierende Mrs Haynes. »Ich würde gern PJ, also Mr Journey, Bescheid sagen, ehe Sie die Polizei rufen. Einverstanden?«

»Warum?«

»Es ist hier in seinem Haus passiert. Er muss informiert werden und ich glaube, er würde sich einfach gern bei Ihnen, äh, entschuldigen.«

»Das kann er ja gern tun. Die Polizei rufe ich trotzdem.«

Bob überlegte, ob er nach Hause oder in die Zentrale fahren sollte, um weitere Recherchen durchzuführen. Er entschied sich für die zweite Möglichkeit, weil er dort eher seine Ruhe haben würde. Er parkte auf dem Hof des Schrottplatzes und winkte kurz Justus' Onkel Titus zu, der gerade die Kreissäge bediente und irgendwelche Holzbalken klein schnitt. Mr Jonas war aber so in die Arbeit vertieft, dass er Bob gar nicht bemerkte.

Der dritte Detektiv ging zum Schrottberg, unter dem die Zentrale lag, und steuerte zielstrebig den aufrecht stehenden alten Kühlschrank darin an. Dessen Rückwand fehlte, sodass man hindurchschlüpfen konnte. An das *Kalte Tor*, wie sie es nannten, schloss ein kurzer Tunnel durch das Gerümpel an, durch den man schließlich das Detektivbüro erreichte. Bob ließ sich auf den Stuhl vor dem Schreibtisch fallen, fuhr den Computer hoch und öffnete einen Internetbrowser. Auf dem Handy rief er das Foto mit der Liste der Ausstellungsstücke auf.

- eine Bassgitarre
- ein paar rote Socken
- der Lageplan einer Halle
- ein Trampolinsprungtuch
- eine signierte VIP-Konzertkarte

– eine goldfarben angesprühte Mikrofon-Attrappe

Ein in der Tat verrücktes Diebesgut, wobei das Mikrofon als einziges noch nicht gestohlen worden war. Fest stand eigentlich nur eins – alle Dinge hingen mit PJs vergangener Karriere als Rockmusiker zusammen. Und sie alle waren objektiv wertlos.

Waren sie das wirklich? PJ hatte das gesagt, aber vielleicht täuschte er sich ja. Was, wenn sich diese Erinnerungsstücke als Unikate vielleicht gut verkaufen ließen?

Bob rief die Seite eines großen Internetauktionshauses auf. Dort gab er »Peter Journye« in die Suchmaske ein, verbesserte rasch den Tippfehler in »Peter Journey« und startete die Suche. Wenig überraschend wurden ihm unzählige CDs und Schallplatten angeboten. Er ergänzte in der Suchmaske auf »Peter Journey Einzelstück« und war auf das Ergebnis gespannt. Allerdings wurde er enttäuscht. Kein einziger Treffer. Er versuchte es mit anderen Wortkombinationen, etwa »Original« oder »Exponat«. Als »Original« wurden ihm einige Exemplare der ersten Auflage der Hitsingle *Hot Summer Night Party* angeboten. Das half ihm auch nicht weiter.

Er ergänzte »Bassgitarre«, aber das brachte kein vernünftiges Ergebnis, und erst recht nicht »Sprungtuch«.

Bob dachte nach und rief die Homepage eines Spezialhändlers auf, dessen Namen er kannte, weil er sich selbst sehr für Musik interessierte. Zwar hatte er noch nie mit dem Betreiber der Seite gesprochen, aber einmal war immer das erste Mal. Er fand eine Telefonnummer und rief dort an.

Es klingelte vier Mal durch, ehe eine etwas gehetzt klingende Stimme sagte: »Duncans Musikdevotionalien – was wir nicht für Sie auftreiben können, das gibt es nicht.« Das war der Werbespruch des Händlers. »Eigentlich haben wir schon geschlossen, aber sprechen Sie nach dem Piepton: Piep!« Ein Lachen folgte. »Nein, Unsinn, wer immer Sie sind, Sie haben Glück, ich bin noch da.«

»Mein Name ist Bob Andrews.«

»Hi, Bob. Ich bin Duncan.«

»Hallo, Duncan. Ich habe eine Frage. Ich bin ein Fan von PJ, also …«

»Peter Journey! Ja, der war 'ne große Nummer. Liegt natürlich schon eine ganze Zeit zurück, aber hey –« Er begann, die Melodie von *Hot Summer Night Party* zu summen. Auf jeden Fall war dieser Duncan wohl ein lustiger und unkomplizierter Typ.

»Wenn ich für meine Sammlung was Besonderes haben wollte … ich weiß nicht, vielleicht sein Autogramm auf einer alten Eintrittskarte oder eine Saite seiner Bassgitarre – was würde mich das kosten?«

»Ach, nicht allzu viel. Die Nachfrage ist nicht sonderlich groß. Es kommt zwar immer mal eine Anfrage rein, aber das hat noch jedes Mal geklappt. PJ ist ein lockerer Kerl und er führt jetzt eine Ferienanlage. Ich kann dir die Adresse geben. Ruf dort an oder schreib eine Mail, PJ schickt dir für ein paar Dollar was zu. Autogramme gibt's umsonst, und irgendwas Besonderes kostet vielleicht 'nen Zwanziger oder Fünfziger.«

»Oh klasse!«, sagte Bob und gab sich Mühe, begeisterter zu wirken, als er tatsächlich war. Er hatte eher gehofft, Duncan würde versuchen, ihm eine Menge Geld abzuknöpfen, was die Ausstellungsstücke eben doch wertvoll gemacht hätte.

»Weißt du«, meinte der Mann am anderen Ende der Leitung, »früher war PJs Musik und alles, was damit zusammenhing, eine echt heiße Angelegenheit … aber die Zeiten sind schon lange vorbei. Der Höhepunkt damals war sein legendäres Abschlusskonzert in der Vice Hall in Los Angeles. Nach seinem großen Superhit kam zwar musikalisch nicht mehr viel, aber in den Konzerten hat er es echt krachen lassen. Wenn du da live dabei warst mit den Trampolinsprüngen und den fliegenden Bassgitarren – das vergisst du nie, sag ich dir!« Ein Lachen folgte, dann: »Ach, die gute alte Zeit. Hast du was zu schreiben?«

Bob bestätigte, tat so, als würde er sich die Adresse vom Ferienparadies Sonnenglühen aufschreiben, bedankte sich und legte auf.

Diese Idee hatte sich also als Sackgasse erwiesen. Er brauchte einen anderen Ansatz. PJs Karriere-Höhepunkt war das große Abschlusskonzert gewesen … etwas, das man nie vergaß, wenn man Duncan glauben konnte. Und mehrere der gestohlenen Dinge hingen mit diesem Konzert zusammen. Vielleicht sollte sich Bob einmal in dieser Halle umschauen und ein paar langjährige Mitarbeiter vor Ort mit Fragen löchern, ob sie sich an das Geschehen hinter den Kulissen erinnerten. Solange es keine bessere Spur gab, war das eine gute Idee.

Bevor er aufbrach, sammelte er sich im Netz noch einen groben Verlauf von PJs Leben zusammen: die ersten Versuche mit seiner kleinen Schülerband … die Studienzeit in New York … nach dem Studium eine Zeit, in der er durch Südamerika getingelt war: Venezuela, Kolumbien, Brasilien … schließlich der überraschende Superhit *Hot Summer Night Party* mit der legendären Konzertreihe, an dessen Erfolg er nie wieder hatte anknüpfen können, obwohl einige kleinere Hits folgten.

Dann machte Bob sich auf zur Vice Hall, um vielleicht einen Blick hinter die Kulissen werfen zu können.

Neue Spuren

Scarlett Roberts schnappte sich ihren Bademantel. »Ich gehe jetzt in meine Wohnung. Du kannst Peter gerne Bescheid sagen, wenn du meinst, dass er mit mir sprechen will. Ich wüsste allerdings nicht, was er groß sagen soll. Na ja, egal, er soll in die Wohnung kommen – und du auch. Ich sag ihm, dass du mich gerettet hast, und dann rufe ich die Polizei.« Sie verließ den Saunaraum.

Peter folgte und rief im Gehen PJ vom Handy aus an. Der Hausherr ging sofort dran. »Du solltest am besten sofort zu Mrs Roberts kommen«, sagte der Zweite Detektiv.

»Das klingt gar nicht gut! Ein Einbruch?«

»Schlimmer«, meinte Peter.

»Ich bin schon unterwegs. Aber wie meinst du das? Hat sie auch Halluzinationen bekommen?«

»Sie kann es dir gleich selbst sagen.« Peter legte auf.

Vor ihrer Wohnungstür nestelte Mrs Roberts in der Tasche des Bademantels und förderte den Schlüssel zutage. Sie wollte gerade aufschließen, als auch schon PJ eintraf. »Was ist denn los?«, fragte er.

»Das erzähle ich dir lieber drinnen, wenn ich sitzen kann!« Sie klang immer noch völlig fertig, aber auch wütend über das, was man ihr angetan hatte.

Peter konnte sie durchaus verstehen. »Ist vielleicht wirklich besser, wenn du dich auch hinsetzt, PJ, ehe du dir das anhören musst.«

»Na, ihr macht mir Angst«, sagte der Ex-Rockmusiker.

Mrs Roberts schwang die Tür auf. Geradeaus blickte man auf eine offene Küche und ein großes rotes Sofa, auf dem sich eine Menge Kissen türmten.

Während sie sich darauffallen ließ, schaute Peter sich im Raum um – und erstarrte.

Neben dem großen Fernseher stand eine kleine Glasvitrine – garantiert der Ort, an dem sich das Ausstellungsstück dieser Wohnung befand.

Oder befunden hatte.

Die Vitrine war zerschlagen, das goldene Mikrofon fehlte.

Das durfte doch nicht wahr sein! Wie hatte das geschehen können? Justus behielt doch durch die Kamera den Eingang im Auge und er konnte von seinem Platz am Pool aus auf den Balkon schauen. Einen anderen Weg hinein gab es nicht! Das war unmöglich! Aber dieses Wort musste Peter wohl endlich mal aus seinem Sprachschatz streichen. Mit scheinbar unmöglichen Dingen hatten sie es schon manches Mal bei ihren Fällen zu tun bekommen.

PJ bemerkte die zerschlagene Vitrine ebenfalls, und er stieß einen deftigen Fluch aus.

»Hier ist jemand eingebrochen!«, platzte es dann aus Scarlett Roberts heraus. »Verdammt!« Sie sprang auf und rannte in den Nachbarraum – das Schlafzimmer. Peter hörte, wie eine Schublade schwungvoll und leicht knarrend aufgezogen wurde, und wenige Sekunden später rief Mrs Roberts: »Unser Geld! Das ist ja …«

Der Zweite Detektiv eilte zu ihr, aber ehe er eine Frage stellen konnte, erklärte sie es bereits.

»Hier drin lagen dreihundert Dollar!«

»In der Sockenschublade?«, fragte Peter. Er verkniff sich die Bemerkung, dass das so ungefähr das unsicherste Versteck in Hotelzimmern und Ferienwohnungen war, das man sich nur aussuchen konnte. Jeder Einbrecher durchwühlte derlei Schubladen. Aber ihr das jetzt vorzuwerfen, half sicher nicht weiter.

»JA UND?«, herrschte sie ihn an, völlig außer Fassung. Dann stutzte sie, hob beschwichtigend die Arme und sagte: »Bitte entschuldige. Du kannst ja nichts dafür. Meine Nerven. Das … das ist echt zu viel für mich.« Sie ließ sich aufs Bett fallen und hockte auf der Matratzenkante. Leicht zitternd stützte sie die Ellenbogen auf die Knie und legte die Hände vors Gesicht. »Tust du mir einen Gefallen? Ruf du die Polizei an. Oder Peter soll es tun, also Mr Journey. Ich … ich brauche einen Moment Ruhe.«

Peter nickte. »Natürlich.«

»Geh bitte ins Wohnzimmer und lass mich hier kurz allein. Ich komme gleich raus zu euch. Ihr – ihr könnt bleiben. Ja, bitte bleibt, dann fühle ich mich sicherer.«

Peter tat wie ihm geheißen und schloss die Schlafzimmertür hinter sich. Natürlich hatte PJ alles mitbekommen. Die Verzweiflung stand ihm ins Gesicht geschrieben. »Okay, jetzt bleibt mir wohl keine Wahl mehr, jetzt muss ich die Polizei rufen. Ich erledige das.« Er zog sein Handy aus der Hosentasche und blickte niedergeschlagen darauf.

»Warte noch einen Moment. Ich gehe kurz raus zu Justus«, sagte der Zweite Detektiv. »Bin gleich zurück.« Er eilte die Treppe hinunter, nach draußen und am Pool vorbei zu seinem Freund.

Justus saß immer noch am Tisch – der Laptop stand nach wie vor aufgeklappt vor ihm. »Ich habe dich mit PJ und Mrs Roberts reingehen sehen«, sagte der Erste Detektiv. »Wie kam das denn? Du wolltest doch nur auf die Toilette.«

»Also funktioniert die Kamera«, sagte Peter. »Und du warst die ganze Zeit da?«

»Natürlich, warum ...«

»Es wurde eingebrochen.«

»Was? Wann?« Justus stockte kurz und ergänzte ein: »Wie?« So überrascht sah man ihn selten.

»Sag du es mir. Wenn der Einbrecher nicht durch die Wohnungstür reingegangen ist und nicht über den Balkon ...«

»Ist er definitiv nicht!«, versicherte der Erste Detektiv. »Weder das eine noch das andere.«

»Aber das *kann* nicht sein!« Peter gab eine kurze Zusammenfassung der Geschehnisse – wie er Mrs Roberts aus der Sauna befreit hatte, wie sie zurückgekehrt waren und den Einbruch bemerkt hatten, dass das goldene Mikrofon fehlte und die dreihundert Dollar.

»Höchst bemerkenswert«, kommentierte Justus. »Dir ist sicher auch aufgefallen …«

»… dass zum ersten Mal etwas außer dem Ausstellungsstück gestohlen worden ist, ja«, fiel Peter ihm ins Wort. »Was die ganze Angelegenheit noch mysteriöser macht.«

»Hm«, machte Justus. »Ich glaube, Kollege, da muss ich dir widersprechen!«

»Ach ja?«

»Los, komm mit!« Justus klappte den Laptop zu und klemmte ihn sich unter den Arm.

»Wohin?«

»Zu Mrs Roberts. Ich muss dringend mit ihr sprechen und ihr ein paar Fragen zum genauen Ablauf stellen. Zweiter – ich glaube, ich weiß, was hier passiert ist.«

Bob stellte den Wagen auf den riesigen Besucher-Parkplatz der Vice Hall in Los Angeles. Nur wenige Autos waren zu sehen, sodass er ziemlich nah an den Haupteingang ranfahren konnte. Es war fünf Uhr am Nachmittag und heute gab es keine Veranstaltung mehr. Große Plakate warben für ein Zwölf-Stunden-Rave-Konzert, das am nächsten Tag stattfand. Bob kannte kaum einen Namen der DJs, die dort auftraten.

Wahrscheinlich liefen in der Halle eine Menge Vorbereitungen und Umbauten. Dafür sprach auch, dass – zwischen einigen Lkw – gerade ein Kastenwagen vor dem seitlichen Hallentor hielt, zwei Männer ausstiegen und aus dem Laderaum eine riesige Kabeltrommel und einen großen Metallkoffer wuchteten. Die beiden schleppten das Material durch den Eingang und ließen die große Metalltür offen.

Was soll's, dachte Bob und folgte ihnen. Er versuchte dabei, es so aussehen zu lassen, als gehöre er selbstverständlich dazu. Drinnen waren eine Menge Leute unterwegs, vor allem junge, und eilten geschäftig umher. Bob würde wahrscheinlich nicht auffallen. Er kam sich zwar wie ein Einbrecher vor – wie passend beim Hintergrund ihres aktuellen Falls –, aber erstens war die Tür offen gewesen und zweitens schmuggelte er sich ja in keine Veranstaltung. Dann wäre er wahrscheinlich auch nicht so einfach reingekommen.

Der aktuelle Trubel interessierte ihn nicht weiter. Er hoffte, einen Mitarbeiter der Halle zu finden, der lange genug dort beschäftigt war, um damals beim Abschiedskonzert anwesend gewesen zu sein. Darum ignorierte er zunächst alle jungen Leute, die offensichtlich zu den Roadies für das Rave-Konzert gehörten, also zu den Technikern und Helfern, die mit den auftretenden Künstlern mitreisten.

Er kam an der offen stehenden Tür eines Aufenthaltsraums vorbei, in dem auf einer Bank ein etwa fünfzigjähriger Mann mit Vollglatze saß. Er kaute an einem riesigen Sandwich, an dessen beiden Seiten Zwiebelringe herausragten.

Bob war gespannt, ob sich seine Glückssträhne fortsetzte. »Entschuldigen Sie«, fragte er, »sind Sie hier in der Halle angestellt? Können Sie mir helfen? «

Der Mann ignorierte ihn und biss erneut ab.

»Ähm, Sir?«

Nun schaute er auf. An seinem Mundwinkel hing etwas Mayonnaise. »Meinste mich?«

Bob trat ein. »Ja.« Weil er nicht sicher war, ob der Mann seine Frage vorher überhaupt gehört hatte, wiederholte er: »Arbeiten Sie hier in der Halle?«

»Nein.« Er hob die linke Hand und deutete mit dem ausgestreckten Zeigefinger auf sein Gesicht. »Vielleicht sollteste mich genau anschauen, ehe du solche Fragen stellst.« Offenbar ging er davon aus, dass man ihn erkennen müsste. Während Bob sich noch eine schlaue Antwort überlegte, meinte der Fremde: »Ich bin Kijo.«

Den Namen hatte Bob vorhin auf einem Plakat gelesen, wenn er sich nicht täuschte – einer der DJs des Konzerts. »Sorry. Ich habe nicht aufgepasst, wollte Sie nicht stören.«

Der andere winkte ab. »Ach, ist okay. Worum geht's?«

»Ich brauche jemanden, der sich hier in der Halle wirklich gut auskennt. Der am besten schon viele Jahre hier arbeitet.«

»Dann ist Kijo genau dein Mann!« Der DJ legte das Sandwich auf seinen Oberschenkel und zog ein Handy aus der Hosentasche. »Wart kurz.« Er tippte, hielt sich das Telefon ans Ohr und raunzte: »Ja, Mann – bin im Aufenthaltsraum drei. Brauch dich. Jetzt. Klar?« Er legte auf und meinte freundlich zu Bob:

»Ich habe einen gewissen Ruf zu erfüllen – Kijo ist stinkig, wenn nicht alles perfekt läuft. Die Leute erwarten das, sonst sind sie enttäuscht. Es kommt gleich jemand.«

Tatsächlich dauerte es nur etwa zwei Minuten, die der DJ damit verbrachte, sein Sandwich aufzufuttern, während Bob in Gedanken Däumchen drehte. Ein muskulöser Kerl tauchte auf, der wie eine Mischung aus Wrestling-Meister, Olympia-Gewichtheber und Profiboxer aussah, mit einer Schulterbreite wie ein Kleiderschrank.

»Was kann ich für Sie tun?«, fragte der Neuankömmling.

»Für mich – nichts«, sagte Kijo ebenso barsch, wie er sich am Telefon gegeben hatte. »Aber für meinen Kumpel hier. Und jetzt will und brauche ich meine Ruhe!« Er wedelte mit der Hand Richtung Tür.

Ein eigenartiger Zeitgenosse, dachte Bob, während sie nach draußen auf den Korridor gingen. Aber er hatte ihm zu einem Ansprechpartner verholfen, und das konnte eine Menge wert sein.

»Tut mir leid, dass Sie auf so unfreundliche Weise gerufen worden sind«, sagte Bob. »Und meine Frage wird Ihnen vielleicht seltsam vorkommen, aber …«

»Erstens«, unterbrach Mr Kleiderschrank, »muss man Kijo so nehmen, wie er eben ist. Unter seiner seltsamen Schale ist er, glaube ich, ein ordentlicher Kerl. Hat mir auch schon mal geholfen, letztes Jahr, als er hier aufgetreten ist. Und zweitens glaubst du gar nicht, worum Leute wie du mich schon alles gebeten haben. Bist doch bestimmt Fan, oder? Eine benutzte

Tasse aus der Garderobe irgendeines Stars ist da nur die Spitze des Eisbergs, sag ich dir.«

Bob grinste. »Ich glaube, im Vergleich zu solchen Extrawünschen werde ich eher langweilig sein.«

»Manche meiner Kollegen sind genervt von Fan-Anfragen«, meinte der Mitarbeiter der Halle. »Ich sehe es als angenehmen Teil meiner Arbeit hier, wenn du verstehst, was ich meine.« Bei diesen Worten streckte er die Hand aus und rieb Daumen und Zeigefinger aufeinander – zusammen mit seinem Tonfall und dem Grinsen im Gesicht die unmissverständliche Klarstellung, dass er erwartete, bezahlt zu werden. »Kommt drauf an, von welchem der Stars du ein Souvenir willst und um was es sich handelt. Autogramme sind machbar, meistens sogar irgendwelche …«

Nun war es Bob, der dem anderen ins Wort fiel. »Danke, Mr … äh …«

»Wilfred. Nenn mich einfach Wilfred.«

»Danke, Mr Wilfred, ich …«

»Nur Wilfred. Nicht Mister.«

»Okay. Es geht mir nicht darum, dass Sie irgendetwas für mich besorgen.«

»Ach?«

»Sie arbeiten doch schon einige Jahre hier, oder?«

»Fast zwei Dutzend.«

»Waren Sie bei PJs Abschlusskonzert dabei?«

Wilfred lachte. »Und ob! Ich hatte frei damals, das weiß ich noch, aber ich war nicht so blöd, mir das entgehen zu lassen.

Als Angestellter kann ich immer hier rein und man hat sogar ziemlich gute Plätze hinter oder über der Bühne. Aber noch spannender ist, was hinter den Kulissen so abläuft. Und da war bei dem Konzert ja mal richtig was los.«

»Sie haben bestimmt spannende Geschichten zu erzählen!«, schmeichelte Bob, um sein Gegenüber noch mehr aus der Reserve zu locken. Das Gespräch war genau an dem Punkt angelangt, der ihn brennend interessierte.

»Aber jede Menge, das kann ich dir flüstern!«

»Und was war da los, bei PJ damals, hinter den Kulissen?«

»Da sind die Fetzen geflogen, Junge – das glaubst du nicht!«

Polizei – oder nicht?

Justus und Peter tauschten sich kurz aus und kehrten dann durch die Terrassentür in die Wohnung zurück. PJ war ins Gespräch nicht nur mit Scarlett Roberts vertieft, sondern auch Dennis Bentley war zurückgekehrt.

Mr Bentley sah zu den beiden Detektiven. »Ah, gut. Wer von euch beiden ist Peter?«

»Ich.«

»Ich danke dir, Junge. Du hast Scarlett wirklich sehr geholfen.«

»Und jetzt«, sagte Mrs Roberts, »sollten wir endlich – endlich! – die Polizei rufen. Du hast es lange genug hinausgezögert.« Dabei sah sie PJ ebenso anklagend wie auffordernd an. »Danke, dass du uns die Rechnung komplett erlässt wegen des ganzen Ärgers, aber wir müssen trotzdem Anzeige erstatten. Dir machen wir natürlich keinen Vorwurf, nur dass das klar ist. Das werde ich den Polizisten auch unmissverständlich erklären. Dich trifft keinerlei Schuld!«

»Es ist gut, dass das noch nicht passiert ist«, sagte Justus. »Also, dass noch niemand die Polizei gerufen hat. Das gibt uns die Gelegenheit, vorab einige Dinge zu klären.«

»Und was bitte schön soll noch geklärt werden?«, fragte Mr Bentley. »Scarlett ist in der Sauna übelst mitgespielt worden, von wem auch immer, und hier ist eingebrochen worden!«

»Genau darum geht es, ja.« Der Erste Detektiv wies auf die zerbrochene Vitrine. »Ich darf Ihnen beiden doch einige Fragen stellen?« Er wartete nicht erst eine Antwort ab, sondern schob gleich die erste dieser Fragen nach: »Als Sie beide die Wohnung verlassen haben, also vor dem Vorfall in der Sauna … da war die Vitrine noch intakt? Das Mikrofon noch vorhanden?«

»Ja natürlich«, sagte Mr Bentley.

»Und Sie sind sicher, dass sich 300 Dollar in Ihrer Schublade befunden haben?«

»Nicht hundertprozentig«, räumte Mrs Roberts ein. »Könnten auch nur 250 gewesen sein. Dennis, weißt du noch, ob wir schon etwas rausgenommen hatten?«

Justus winkte ab. »Darum geht es mir nicht. Sondern um die Tatsache, dass überhaupt Geld gestohlen worden ist. Wissen Sie, dies war nämlich nicht der erste Einbruch.«

»Ach?«, fragte Mr Bentley, während Mrs Roberts ein »Wirklich?« entfuhr.

»Aber es sind stets nur die Ausstellungsstücke entwendet worden, die Mr Journey gehören«, erklärte Justus ungerührt. »Dieser Vorfall passt gar nicht ins Bild. Das hat mich zuerst verwirrt, aber je länger ich darüber nachgedacht habe, desto klarer wurde mir, dass sich hier etwas ganz anderes abgespielt hat. Und darum glaube ich auch nicht, dass es hier überhaupt einen Einbruch gab.«

PJ sah Justus skeptisch an.

Mr Bentley fragte ebenfalls irritiert: »Ach? Und was ist mit der Vitrine?«

»Dazu komme ich gleich. Ich bin mir darüber hinaus vollkommen sicher, dass während Ihrer beider Abwesenheit niemand die Wohnung betreten hat.«

»Du fantasierst!«, sagte Mrs Roberts.

Nun mischte sich Peter ein. »Als ich Sie aus der Sauna befreit habe, da sagten Sie mir, dass es besonders schlimm für Sie war, weil Sie die Hitze nicht gewöhnt sind und selten in die Sauna gehen.«

»Und weiter?«, fragte sie.

»Aber du liebst das Saunieren doch«, warf PJ verwundert ein. »Wenn du hier bist, geht ihr beide ständig …«

»W-was soll das jetzt?«, unterbrach Mrs Roberts, und beim ersten Wort stotterte sie kaum merklich. Offenbar gefiel ihr die Richtung, die das Gespräch nahm, so gar nicht.

»Es gibt hier sehr viele Punkte, die nicht richtig zusammenpassen«, nahm Justus den Faden wieder auf. »Ich sage Ihnen, wie das alles abgelaufen ist. Wobei ich am Anfang raten muss, das gebe ich offen zu. Da lasse ich mich gerne verbessern, aber ab einem gewissen Punkt bin ich mir absolut sicher.« Er schnippte mit Daumen und Mittelfinger der rechten Hand. »Also – Sie beide sind hier Stammgäste und Sie sind große

Fans von PJ. Obwohl Sie gerade so unwissend taten, denke ich, dass Sie durchaus mitbekommen haben, dass es in der Ferienanlage momentan immer wieder zu Einbrüchen kommt, bei denen die Ausstellungsstücke gestohlen werden. Also beschlossen Sie, die Gelegenheit zu nutzen.«

»Das ist eine ungeheuerliche Unterstellung!«, sagte Mr Bentley wütend. »Wenn dein Freund nicht meine Scarlett gerettet hätte, dann wäre …«

Auch PJ wollte Justus widersprechen, aber der Erste Detektiv war schneller: »Lassen Sie mich bitte ausreden. Noch einmal – Sie beschlossen, die Gelegenheit zu nutzen. Es gab Einbrüche – also haben Sie einen weiteren Einbruch vorgetäuscht, in der Überzeugung, dass die Schuld selbstverständlich den bisherigen Tätern zugeschoben würde. Tatsächlich haben Sie das goldene Mikrofon selbst an sich genommen. Wahrscheinlich wissen Sie auch von der Halluzination, die Mrs Haynes erlitten hat. Das brachte Sie auf die Idee mit der Inszenierung in der Sauna. Sie dachten, Sie ziehen ebenfalls etwas Aufwühlendes und in gewisser Hinsicht Spektakuläres durch, um auch gar nicht erst den Verdacht aufkommen zu lassen, dass Sie hier Täter und nicht bemitleidenswertes Opfer sind. Allerdings wussten Sie offenbar nicht, dass in den bisherigen Fällen niemals Geld oder irgendwelche Besitztümer der Gäste gestohlen wurden. Darum haben Sie einen Fehler gemacht, als Sie versuchten, die Tat zu kopieren und …«

Mrs Roberts sackte in sich zusammen. Die gespielte Empörung fiel von ihr ab. Sie starrte zu Boden und nestelte nervös mit den Fingern. »Ja, verdammt!«, fiel sie dem Ersten Detektiv ins Wort. Ihre Stimme zitterte, einerseits vor Scham, andererseits aber auch vor Wut. »Du hast recht. Du kannst mit deinem unerträglichen Vortrag aufhören! Das mit der Sauna haben wir uns überlegt, damit unsere Aufregung echter wirkt. Damit es verständlich erscheint, dass wir sofort abreisen. Denn hierbleiben konnten wir auch nicht. Wir haben so etwas noch nie getan … und wir haben ein schlechtes Gewissen, ehrlich! Wir wollten dir nicht schaden, PJ, aber – die Gelegenheit war so verlockend. Und das Mikrofon wäre doch sowieso gestohlen worden. Da dachten wir, lieber nehmen wir es an uns, als dass irgendein Dieb …«

»Ich … ich weiß überhaupt nicht, was ich sagen soll«, unterbrach PJ sie völlig aufgelöst. »Ich würde euch am liebsten hochkant rausschmeißen! Wie konntet ihr mir das antun? Ich dachte, ich kann euch vertrauen.«

»Natürlich bezahlen wir unseren ganzen Aufenthalt«, sagte Mr Bentley zerknirscht. »Und die Vitrine. Es tut uns leid, wirklich. Und es war genauso, wie er es vermutet hat.« Er deutete auf Justus. »Finn Levine hat uns von den Einbrüchen erzählt. Da ist irgendwie … Ach Mist, ich weiß auch nicht, was da mit uns durchgegangen ist. Wir sind keine Verbrecher.«

»Wahrscheinlich haben Sie deswegen auch die Fehler begangen, die doch für einen geübten detektivischen Verstand recht leicht zu durchschauen waren«, sagte Justus. »Man verwickelt sich leicht in Widersprüche und übersieht wesentliche Aspekte, wenn man Dinge nicht lange durchdenkt. Etwa die

Frage, wie ein Einbrecher überhaupt in die Wohnung hätte kommen sollen – die Balkontür war unversehrt, Fenster und Wohnungstür genauso. Oder die Frage, wie in der Sauna ein unbekannter Eindringling den riesigen Kübel so rasch vor die Tür hätte schieben sollen, dass Sie nichts davon bemerkt haben.«

»Danke für die Hilfestellung für zukünftige Taten«, sagte Mrs Roberts bitter. »Die wir allerdings nie begehen werden.«

»Und was soll ich jetzt mit euch machen?«, fragte PJ verzweifelt.

»Noch ist die Polizei nicht informiert«, sagte Peter. »Es liegt an dir, ob das so bleibt oder nicht.« Ehe der Ex-Rockstar reagieren konnte, wandte sich der Zweite Detektiv an Mr Bentley: »Sie selbst haben Mrs Roberts in der Sauna eingesperrt, richtig? Und sind sofort danach zum Auto und losgefahren.«

»Richtig.«

PJ überraschte alle mit seiner Reaktion: Er lachte, dass die langen grauen Haare nur so flogen. »Das ist wie aus einem Detektivroman! Bin ich denn hier im Irrenhaus? Jetzt sagt mir eins – und ich will die Wahrheit hören! Dennis, Scarlett … habt ihr irgendetwas mit den anderen Einbrüchen zu tun? Oder mit der Halluzination der armen Mrs Haynes? Wisst ihr etwas darüber?«

Beide verneinten vehement und beteuerten noch einmal, dass sie doch keine wirklichen Verbrecher seien, und es kam sehr glaubhaft rüber.

»Das bestätigt meine Vermutung«, sagte Justus. »Die beiden waren gewissermaßen Trittbrettfahrer. Sie wollten die Situation ausnutzen, und das hat für kurze Zeit alles nur noch weitaus verkompliziert.«

»Wir machen es so«, sagte PJ, »dass ihr jetzt bezahlt und geht. Danach vergessen wir es. Ihr wart immer gute Gäste. Aber das hier …« Er schüttelte den Kopf.

»Danke«, sagte Mrs Roberts kleinlaut. »Das Mikrofon bringen wir dir sofort zurück. Dennis hat es in unserem Wagen versteckt.«

Justus nahm Peter beiseite und sagte flüsternd: »Diese verrückte Idee der beiden hat übrigens wiederum mich auf eine Idee gebracht, Kollege …«

Bob wartete gespannt auf Wilfreds Erzählung. Aber statt weiterzureden, holte der muskulöse Hallenmitarbeiter sein Handy aus der Hosentasche. Es vibrierte.

»Muss kurz rangehen.« Er wandte sich ab und ging ein paar Schritte zur Seite. Bob wartete geduldig. Ihm blieb ja nichts anderes übrig. Es dauerte nur etwa zwei Minuten, dann kam Wilfred zurück. »Hätte gern noch länger mit dir geplaudert, Junge, aber dahinten gibt es einen Notfall. Diese Verrückten bauen eine riesige Bassanlage in unsere Bühnentechnik ein und irgendwas stimmt da nicht. Muss ich mich drum kümmern.« Er tippte sich an die imaginäre Hutkrempe, grinste breit und wollte gehen.

»Warten Sie bitte noch kurz! Ich würde das so gern von dem Abschlusskonzert hören, das wär wirklich das Größte für mich!«

»Tut mir leid, ich muss dringend weg. Bin ja nicht zum Vergnügen hier.«

»Darf ich Sie heute Abend anrufen?«, fragte Bob.

»Hm.« Sonderlich begeistert klang Wilfred nicht darüber.

»Ich … Ich geb Ihnen was aus meiner Sammlung«, sagte der dritte Detektiv schnell. »Wie wäre es mit … mit einer signierten Erstausgabe seiner Hitsingle? Die habe ich doppelt.« Das war natürlich gelogen, aber das würde Bob schon irgendwie organisieren können – und wenn er notfalls über Duncans Handelsgeschäft die Single kaufen und danach von PJ signieren lassen musste. Das war es ihm wert.

Wilfred nickte langsam. »Ich besitze zwar eine, aber ich kenne jemanden, der wäre interessiert.« Was wahrscheinlich bedeutete, dass derjenige einige Dollars dafür lockermachen würde.

»Abgemacht!«, rief Bob.

Wilfred und er tauschten die Handynummern aus und verabredeten sich zum Telefonieren. Wilfred kündigte an, dass er sich melden würde, sobald er Feierabend machen konnte.

Anschließend lief der dritte Detektiv noch eine Weile durch die Halle. Wilfred war ja nicht die einzige mögliche Quelle für Hintergrundinformationen zum Abschlusskonzert. Seine Andeutung, dass damals hinter den Kulissen ordentlich die Fetzen geflogen waren, hatte jedenfalls Bobs Neugierde geweckt. Doch er fand keinen weiteren geeigneten Ansprechpartner. Mehrmals erhielt er den Tipp, es doch mal »beim alten Wilfred« zu versuchen. Und schließlich geriet er an eine

Angestellte, die misstrauisch wurde und Bob fragte, was er hier eigentlich zu suchen habe. Als klar wurde, dass er keine Zugangsberechtigung für die Aufbauarbeiten hatte, legte sie ihm dringend nahe, freiwillig die Halle zu verlassen, ehe sie die Polizei rufen würde.

Da ließ sich Bob lieber von ihr nach draußen begleiten. Immerhin hatte er Wilfreds Handynummer und die Hoffnung, am Abend eine interessante Hintergrundgeschichte zu erfahren, die vielleicht ein wenig Licht ins Dunkel bringen konnte.

Die Liane der Geister

Am frühen Abend trafen sich die drei ??? in ihrem Zimmer im Ferienparadies und brachten sich gegenseitig auf den neuesten Stand.

Das Pärchen Bentley und Roberts war abgereist. Das goldene Mikrofon hatten sie wie versprochen zurückgegeben. PJ hatte es den drei Detektiven anvertraut. Vorläufig hatten sie es in ihrem Zimmer an einem Ort versteckt, an dem ein Einbrecher wohl eher nicht nachsehen würde, zumindest nicht sofort – im Gemüsefach des Kühlschranks. Darin lagerte momentan zwar kein Gemüse, aber sie hatten es über dem Mikro vollgestopft mit Limoflaschen, Gummibärchentüten und einer Packung Schokokeksen. Wenn sie davon ausgingen, dass ihre nach wie vor völlig unbekannten Gegner auch dieses letzte Ausstellungsstück noch in ihre Hand bekommen wollten, stellte es einen großen Trumpf dar. Sie mussten sich gut überlegen, wie sie es am besten als Köder in einer raffinierten Falle nutzen konnten.

PJs Mitarbeiter Daniel brachte ihnen ein großes Tablett mit

drei Tellern ins Zimmer. »Roomservice!«, sagte er grinsend. »Martina hat euch drei Riesen-Spezial-Burger gezaubert!«

Die drei ??? bedankten sich und merkten erst jetzt, dass sie passend zur Größe der Burger tatsächlich ein Riesenhunger plagte.

Noch während sie aßen, klingelte Bobs Handy. Der dritte Detektiv kaute und schluckte hastig, dann ging er dran, ohne groß aufs Display zu schauen. »Ja? Bob Andrews hier.« Gleichzeitig stellte er auf Lautsprecher, damit seine Freunde mithören konnten. Er erwartete, die Stimme des Hallenmitarbeiters Wilfred zu hören, doch da täuschte er sich.

»Hier ist Professor Krueger von der Uni in Ruxton. Die Analyse ging schneller als erwartet. Ich erspare dir einen Vortrag, wie ich vorgegangen bin … aber ich kann dir sagen, was in deiner Thermoskanne war, Junge.«

»Fantastisch! Sie sind also tatsächlich fündig geworden?« Der dritte Detektiv reckte seinen Freunden den ausgestreckten Daumen entgegen.

Der Chemiker gab ein zustimmendes Brummen von sich. »Da bist du an ein sehr ungewöhnliches und nicht ungefährliches Mittel gekommen. Ich kenne deinen Vater gut genug, um dir jetzt keine Fragen zu stellen, Bob. Dafür solltest du ihm bei Gelegenheit danken.«

»Werde ich machen«, versicherte der dritte Detektiv. »Was haben Sie entdeckt?«

»Der Tee enthält einen Sud der Ayahuasca-Liane, und zwar eine ordentliche Menge davon.«

»Aya... was?«, fragte Bob.

»Ayahuasca«, flüsterte Justus und er sprach es so flüssig aus, dass es Bob vorkam, als höre der Erste Detektiv dieses Wort nicht zum ersten Mal. Justus kannte die verrücktesten Dinge, üblicherweise, wie er häufig betonte, weil er gern und viel las.

Alle drei Detektive hörten so gespannt zu, dass sie das Essen vergaßen und ihre Burger erst mal unangerührt ließen.

»Ayahuasca«, wiederholte auch Professor Krueger. »Das ist eine Liane aus Südamerika, Brasilien zum Beispiel. Der Sud – also die Flüssigkeit nach dem Auskochen – löst Halluzinationen aus. Genau die Wirkung, von der du erzählt hast.«

Brasilien ... wo war er gerade erst über dieses Land gestolpert? Aber Bob kam nicht zum Nachdenken, weil Krueger weiterredete.

»Der botanische Name dieser Liane ist Banisteriopsis caapi. Ein Malpighiengewächs. Ayahuasca ist eher umgangssprachlich – weil man aus der Liane den gleichnamigen Sud herstellen kann, der Halluzinationen auslöst. Man braucht dazu noch andere Bestandteile, aber vor allem eben diese Liane.«

»Ayahuasca«, wiederholte Bob.

»Exakt! Es ist ein Wort aus den Quechua-Sprachen Südamerikas. Es bedeutet ›Liane der Geister‹ oder auch ›Liane der Seelen‹. Der Sud wird bei Zeremonien benutzt ... und offenbar brüht man seit Neuestem in Kalifornien damit Tee auf.«

»Vielen Dank, Mr Krueger. Eine Frage – wo könnte ich diese Ayahuasca-Liane oder den Sud bekommen, wenn ich danach suchen würde?«

»Da müsstest du wohl nach Brasilien oder Kolumbien oder so. Hier bei uns dürfte es extrem schwierig zu beschaffen sein. Und obwohl ich mich wie gesagt nicht einmischen werde, weil ich deinem Vater vertraue, hier ein Rat für dich, Bob: Lass die Finger davon.«

»Keine Sorge, ich werde es ganz bestimmt nicht trinken«, versicherte der dritte Detektiv. Zumindest nicht freiwillig, ergänzte er in Gedanken, als er an die arme Mrs Haynes dachte. Er bedankte sich für die Hilfe und beendete das Gespräch.

»Terminar em Pizza«, sagte Justus.

»Wieso zitierst du diesen Spruch ausgerechnet jetzt?«, fragte Bob, aber er begriff, noch ehe der Erste Detektiv antworten konnte. Natürlich! Diese drei seltsamen Worte, die die Einbrecher in PJs Rezeption an die Wand gesprüht hatten, waren Portugiesisch – die Sprache, die man auch in Brasilien sprach. So könnten die beiden Sachen sehr wahrscheinlich zusammenhängen. Was der Spruch bedeuten sollte, blieb leider weiterhin unklar. *In Pizza enden*, hatte Justus übersetzt. Das ergab auch im Wissen um die Droge aus der brasilianischen Ayahuasca-Liane keinerlei Sinn. Dieser ganze vertrackte Fall würde die drei ??? wohl noch so einiges Kopfzerbrechen kosten.

Sie aßen die Riesenburger bis zum letzten Krümel auf. Immerhin das hinterließ weder offene Fragen noch Spuren, die ins Leere liefen.

Bob saß mit Peter am Rand des Pools. Die beiden Detektive ließen die Füße ins Wasser baumeln. Die herrliche Abendsonne hatte alle Feriengäste nach draußen gelockt. Und natürlich die Ankündigung beim Abendessen, dass PJ allen ein paar Getränke ausgeben wollte – wegen der Unruhe und der Aufregung, als kleine Entschädigung auf Kosten des Hauses.

Angelina Morrison hatte sich wieder einmal mit Sonnenbrille und Hochsteckfrisur in den Whirlpool verzogen, während die komplette Familie Haynes im Schwimmbecken war und einen Wasserball hin und her warf. Die kleine Chloe hatte es dabei am schwersten und ging immer wieder kurz unter, ehe sie prustend und sichtlich vergnügt wieder auftauchte. Finn Levine saß auf seiner Terrasse und schlürfte einen Cocktail. PJ und die Köchin Martina saßen an einem der freien Tische am Pool, in ein Gespräch vertieft. Daniel eilte geschäftig umher und servierte allerlei Getränke – gerade brachte er eine große Limo für Bob und fragte die Haynes im Wasser, ob sie noch irgendetwas wünschten.

Fehlte nur Justus. Der würde aber auch bald nach draußen kommen, so war es abgesprochen.

Mr und Mrs Haynes bestellten jeder ein Glas Wein, Chloe einen Kindercocktail. Während ihre Eltern aus dem Pool kletterten, zu ihren Plätzen gingen und sich Handtücher schnappten, paddelte Chloe quietschvergnügt durchs Wasser zu Peter und Bob.

»Und?«, wisperte sie ihnen zu. »Habt ihr was Spannendes herausgefunden?«

»Wir sind dran, Chloe«, flüsterte Bob unverbindlich und im Verschwörer-Tonfall zurück. »Wie ist es bei dir? Hast du was

Ungewöhnliches beobachtet?« Damit rechnete er zwar nicht, aber man wusste ja nie.

»Hm, ich glaube, da war jemand am Strand, der immerzu hierhergeglotzt hat. Hat sooooo Augen gemacht!« Dabei schob das Mädchen die Augen mit Daumen und Zeigefinger beider Hände weit auf. »Stand ein paar Meter hinter dem Zaun und hat so getan, als würde er spazieren gehen. Aber ich fand, der war total verdächtig!«

»Wie sah er denn aus?«, hakte Bob nach.

»So wie … hm … wie James Bond.«

»Welcher von den Schauspielern?«, fragte Peter.

»Na, James Bond eben. Gibt's da mehrere?«

»Schon«, meinte der Zweite Detektiv grinsend.

»Dann frage ich Papa, welchen ich neulich im Fernsehen gesehen habe, und sage es dir nachher. Oh!« Chloe stutzte plötzlich. »Der Jackfutzie wird frei.«

»Der was?«, fragte Bob.

»Na, dieser Blubberbad-Apparat!« Das Mädchen deutete auf den Whirlpool. Jetzt verstand Bob – Jacuzzi war eine andere Bezeichnung für Whirlpool, und Chloe hatte sich mit dem schwierigen Wort etwas vertan. Mrs Morrison stieg gerade heraus. »Ich frag später, okay?«, sagte Chloe und stemmte sich aus dem Wasser. Sie schüttelte ihre rote Lockenpracht und rannte zum Whirlpool. Als sie gerade mit dem ersten Bein hineinstieg, ertönte plötzlich eine Stimme vom Zugang zur Rezeption her.

»Was…Wasser – Ich … Hilfe!«

Das war Justus!

Der Erste Detektiv wankte jetzt am Whirlpool vorbei. »Heiß!«, ächzte er und schlug mit den Armen um sich. »Hitze! Wasser …« Er blieb stehen, sah an sich hinab und schrie: »Hilfe! Meine Hose brennt!« Er warf sich zu Boden, wälzte sich hin und her – wie um Flammen zu ersticken.

Die es aber nicht gab. Denn natürlich brannte der Erste Detektiv nicht. Doch das änderte nichts daran, dass sein Gesicht eine Maske des Schreckens war. Seine Hände klatschten immer wieder auf die Beine. »Hilfe!«, rief er.

Bob war bereits aufgesprungen und eilte zu seinem Freund. »Ist alles okay, Justus?«

Nun hetzte PJs Sohn Lennox aus dem Haus und stand hilflos da. »Es ging ganz plötzlich drinnen los! Wir haben miteinander gesprochen und auf einmal meinte er, er müsse raus, es wäre so furchtbar heiß und …«

»Hilfe!!«, brüllte der Erste Detektiv wieder und sprang auf. Bob packte Justus' Arme, damit er sich nicht am Ende noch selbst verletzte. Lennox unterstützte ihn dabei nach Kräften.

Mrs Haynes war inzwischen ebenfalls näher gekommen. »Das ist genau wie bei mir gestern. Als ich …« Sie atmete tief durch. »Als ich geglaubt habe, dieses Monster zu sehen. Der arme Junge!« Sie stellte sich an den Rand des Whirlpools und sah ihre Tochter an. »Chloe, mach dir keine Sorgen, das geht bei Bob bestimmt auch vorbei.«

»Das ist *Justus*, Mama!« Jedenfalls schien sich das Mädchen nicht allzu sehr zu sorgen.

Derweil schüttelte der Erste Detektiv die anderen ab. Er wankte mit weit ausholenden, schweren Schritten Richtung Pool. »Vorsicht!«, rief der verdatterte Daniel noch – da trat Justus schon über den Rand und fiel mit lautem Platschen ins Wasser. Er schlug mit rudernden Armen um sich und spuckte Wasser aus. Gurgelnd rief er noch mal um Hilfe und versank.

Peter sprang ihm hinterher und achtete nicht darauf, dass er noch kurze Hosen und ein T-Shirt anhatte. Er tauchte unter, packte seinen Freund unter den Armen und hob ihm den Kopf über die Wasseroberfläche. Justus versuchte sich zu befreien. Der Zweite Detektiv musste fester zugreifen – und gegen seinen Freund ankämpfen, der gar nicht merkte, dass er sich selbst in Gefahr brachte.

»Wassr … gut!«, prustete Justus undeutlich. »Brenne … nichmehrbrenne!« Er schnappte nach Luft, die Haare klebten ihm an der Stirn und er sah aus wie ein Häufchen triefnasses Elend. Immerhin wehrte er sich nicht mehr, sodass Peter seinen Griff etwas lockern konnte. Aber der Erste Detektiv stand noch nicht aus eigener Kraft, sondern im Griff seines Freundes.

Mit einem Mal schüttelte Justus hastig den Kopf und blinzelte mehrfach. Seine Lippen bebten. Er fuhr sich mit den Händen übers Gesicht, drückte Wasser aus den Haaren. »Wie kommich – hierher? Wassis los? Peter?«, nuschelte er.

»Just? Alles klar mit dir?«

»Wassn passierd? Hälls mich?« Er blinzelte wieder, rieb sich über die Lippen. »Warum binnich im Pool?« Er sprach nun fast wieder klar. Seine Füße tasteten über den Boden und er fand wieder selbst festen Stand im Pool.

»Du hattest eine Halluzination!« Das war Mrs Haynes, die am Beckenrand stand. »Genau wie ich gestern. Das ist ja schrecklich! Aber wie kann das überhaupt sein?«

Sein und Schein und das Wissen darum

Justus kletterte scheinbar mit letzter Kraft aus dem Pool. Tatsächlich ging es ihm bestens, und am meisten Überwindung während seiner Schauspielerei hatte es gekostet, einfach über den Rand des Pools zu laufen, möglichst unbeholfen ins Wasser zu fallen und unterzugehen. Der Erste Detektiv fand, dass ihm diese Darbietung recht gut gelungen war. Immerhin hatte er sie nicht proben können und hatte gleich beim ersten Mal überzeugen müssen.

Nun war er gespannt, was seine beiden Freunde und PJ währenddessen beobachtet hatten. Wie abgesprochen, gaben sich Peter und Bob besorgt, und der Zweite Detektiv teilte den anderen mit, dass er ihren Freund erst mal ins Zimmer bringen würde, damit er sich trockene Sachen anziehen und ein bisschen hinlegen könnte, um den Schreck zu überwinden und wieder zu Kräften zu kommen.

Mrs Haynes betonte noch einmal, dass es ihr gestern ja ganz ähnlich ergangen war, dass es aber nicht lange angehalten hatte. »Anfangs war ich noch etwas benommen und hatte Kopfschmerzen, aber nach zwei Stunden war alles vorbei und ich fühlte mich wieder gut. Aber wie kann der arme Justus das jetzt auch mitgemacht haben? Ist das ein Virus oder so etwas? Oh Hilfe, dann hätte ich ihn ja angesteckt, wie schrecklich!«

Während sie sprach, waren Peter und Justus schon unterwegs zum Haus. PJ folgte ihnen mit den Worten: »Ich schaue, ob ich für den Jungen noch etwas tun kann! Macht euch keine Sorgen – es ist vorbei. Daniel! Bring für alle auf den Schreck hin einen Schnaps.« Auch PJs Sohn ging mit.

»Und ich?«, piepste Chloe.

Das war das Letzte, was Justus, Peter, PJ und Lennox noch hörten, ehe sie die Tür hinter sich schlossen. Drinnen eilten sie rasch die Treppe hinauf und gingen in das Zimmer der Jungen.

»Also ich muss schon sagen«, urteilte PJ, während er seinem Sohn durch die Haare wuschelte, »das war eine saubere Vorstellung!« Er grinste. »Auch von dir, Justus.«

»Hab mir Mühe gegeben«, sagte der Erste Detektiv.

»Als kleines Kind hat Justus mal geschauspielert. Er war Baby Fat…«

»Schon gut, Peter«, unterbrach Justus. »Das will PJ jetzt bestimmt nicht hören. Also, was habt ihr beobachtet?«

Die ganze Aktion war ein ausgetüftelter Plan gewesen und bereits die Vorbereitungen hatten bestens geklappt. PJs Ankündigung, Getränke zu spendieren, war Peters Idee gewesen und hatte dafür gesorgt, dass sich alle derzeitigen Gäste draußen aufgehalten hatten. PJ wiederum hatte die Köchin Martina um ein Gespräch gebeten, und Daniel war als Kellner ebenfalls anwesend gewesen. Jeder hatte also Justus' großen Auftritt mitbekommen. Lennox war ebenfalls eingeweiht gewesen und hatte seine Rolle gespielt, um den Auftritt des Ersten Detektivs noch glaubhafter zu machen. Zuerst hätte Peter das übernehmen sollen, aber so hatte der Zweite Detektiv von Anfang an draußen alles beobachten können.

Nun kam es drauf an, ob auch der Rest des Plans funktioniert hatte und ihnen jemand in die Falle gegangen war: Falls eine oder einer der Anwesenden im Hintergrund die Fäden bei den Diebstählen zog, wusste der- oder diejenige ja, dass er oder sie Justus nicht mit der Ayahuasca-Droge vergiftet hatte. Hatte diese Person sich durch eine ungewohnte oder unerwartete Reaktion verraten? Darum hatten Peter, Bob und PJ alle genau im Auge behalten und auf jedes Verhalten geachtet. Und Bob war nun noch draußen geblieben, um die Gespräche zu belauschen, die sich zweifellos um den Vorfall drehen würden. Er wollte möglichst raffinierte Fragen stellen, um jedem auf den Zahn zu fühlen, der sich irgendwie verdächtig machte. Auch das war keine einfache Aufgabe – aber vielleicht konnte er ihre unbekannten Gegner aus der Reserve locken. Falls nicht sowieso alle vor Ort unschuldig waren.

Sowohl Peter als auch PJ zögerten auf Justus' Frage hin, was sie beobachtet hatten. Schließlich ergriff der Zweite Detektiv zuerst das Wort: »Mir ist nichts aufgefallen, das muss ich zugeben. Alle waren erschrocken, aber niemand wirkte ... wie soll ich sagen ... verblüfft oder verwirrt, weil er wusste, dass er dich eben nicht unter Drogen gesetzt hatte. Aber ich musste mich dann ja auch im Pool um dich kümmern und habe deshalb nicht mehr so viel mitbekommen. Was meinst du, PJ?«

»Leider muss ich dir zustimmen.« Der Ex-Rockstar ließ sich auf die Couch fallen. »Ich habe vor allem auch auf Daniel und Martina geachtet. Ich hatte euch zwar gesagt, dass ich für meine Mitarbeiter die Hand ins Feuer lege ... aber dass Dennis und Scarlett ja auch nicht sauber waren, obwohl ich dachte, ich könnte ihnen vertrauen, hat mich gelehrt, nicht zu gutgläubig zu sein.«

»Immerhin hat mich die Schauspielerei des Pärchens auf die Idee mit der angeblichen Halluzination gebracht«, sagte Justus. »In dem Sinn haben sie sogar etwas Gutes zu der ganzen Angelegenheit beigetragen.«

PJ nickte. »Dankbar bin ich ihnen trotzdem nicht. Aber zurück zu Martina und Daniel. Ihr hattet mich überzeugt, als ihr meintet, dass die beiden als meine Angestellten die besten Möglichkeiten hätten, alles zu beobachten und auch Dinge vorzubereiten. Schließlich können sie sich überall in der Anlage unauffällig und unverdächtig bewegen. Trotzdem – die beiden waren ehrlich erschrocken und schockiert darüber, was mit dir passiert ist, Justus, da bin ich sicher.« Er seufzte aus tiefstem Herzen. »Und jetzt habe ich ein schlechtes Gewissen, dass ich an ihnen gezweifelt habe. Und dass meine Gäste noch mehr Aufregung hatten. Von Urlaub und Erholung kann ja für sie momentan wirklich keine Rede mehr sein.«

»Was aber nicht deine Schuld ist«, tröstete Peter. »Wir versuchen, diejenigen zu finden, die die Schuld tragen – und dazu müssen wir kreativ vorgehen.«

»Hoffen wir«, sagte Justus, »dass Bob draußen etwas erreicht.«

Der dritte Detektiv hatte mit großen Ohren überall ein bisschen zugehört. Niemand hatte sich verdächtig gemacht oder sich sogar verraten, indem er von einer Droge gesprochen hatte. Wobei selbst das kein echter Beweis gewesen wäre – immerhin hatten auch die drei ??? schon nach dem Vorfall mit Mrs Haynes diesen Verdacht gehegt, und wenn am nächsten Tag bei einer anderen Person dasselbe geschah, lag die Vermutung natürlich nahe, dass Medikamente oder Drogen im Spiel waren.

Als Erste verabschiedete sich Mrs Morrison mit den Worten: »Also mir ist das jetzt genug Aufregung für alle künftigen Urlaube meines Lebens zusammengenommen!« Sie ging ins hintere Haus und eine Minute später ging ein Fenster im Obergeschoss auf, in Neptuns Hochthron, den sie ja mittlerweile bewohnte.

Finn Levine kam zu Bob und flüsterte ihm zu: »Ich bin mir nicht mehr so sicher, ob es eine gute Idee war, euch hierherzurufen. Ihr habt das alles nicht im Griff! Was jetzt kein Vorwurf sein soll.« Aber durchaus wie ein solcher klang. »Tut mir leid, was mit deinem Freund geschehen ist. Und ich fühle mich schuldig, weil ich ja vorgeschlagen habe, euch zu rufen.« Er klopfte Bob dreimal auf die Schulter, eine seltsam altväterliche Geste. Dann nickte er zum Abschied und zog sich über die Terrasse in seine Wohnung zurück. Auch Mr und Mrs Haynes gingen ins Haus.

Blieben Chloe und die beiden Angestellten. Das Mädchen saß im Whirlpool und genoss sichtlich das Blubberbad, in dem sie sich nach Justus' Auftritt nun endlich aalen konnte.

»Kann ich dir noch irgendwas bringen?«, fragte Daniel den dritten Detektiv. Seine Kollegin Martina stand neben ihm. Sie war eine ziemlich kleine Frau mit einer Menge Tattoos am linken Unterschenkel. Ihre Haare waren auffällig blau gefärbt.

»Danke, alles gut.« Bob beschloss, eine direkte Frage zu riskieren. »Sagt mal, habt ihr so etwas hier schon mal erlebt? Ich meine – gestern Mrs Haynes, heute mein Freund Justus …«

»Ich kann es mir absolut nicht erklären«, sagte die Köchin. »Und nein – so was ist hier noch nie passiert. Oder, Daniel?«

»Nie! Ich frag mich auch, was da los ist. Mrs Haynes hat ja gemeint, das wäre vielleicht ein Virus. Aber das ist doch Unfug. Ich habe noch nie gehört, dass Halluzinationen ansteckend sein können. Klingt eher nach einer Droge, irgendeiner Substanz oder so. Aber hier? In unserer Anlage? Ich meine …« Er hob die Schultern. »Kann ich mir wirklich nicht vorstellen.«

Nun, da das Drogenthema zur Sprache gekommen war, griff Bob es sofort auf. »Martina, du bist die Köchin hier. Wenn es wirklich irgendeine Substanz gewesen wäre … dann könnte sie sich doch übers Essen verbreitet haben. Hast du in der

Küche gestern und heute irgendwas Besonderes genutzt? Irgendwas Neues?«

Sie legte die Stirn in Falten. »Natürlich kaufe ich ständig frische Lebensmittel. Aber wieso sollte es gestern bei Mrs Haynes aufgetreten sein und heute bei deinem Freund? Das passt doch nicht zusammen. Ich habe gestern für alle dasselbe serviert – und heute etwas völlig anderes. Und wenn es im Burger gewesen wäre, den ich für euch gemacht habe, müsste es dir genauso gegangen sein.«

»Du musst dich nicht verteidigen«, sagte Bob. »Das sollte keine Anklage sein. Ich mache mir nur Gedanken.«

»Das tun wir wohl alle.«

In Bobs Hosentasche vibrierte das Handy. Er ignorierte es, weil er das Gespräch mit den beiden nicht unterbrechen wollte. »Also habt ihr auch keine Idee?«, fragte er.

Martina und Daniel schüttelten nur den Kopf.

Da die beiden ja ganz gesprächig waren, beschloss Bob, sich noch weiter vorzuwagen. »Was ganz anderes«, fragte er, »wart ihr in letzter Zeit eigentlich auf Reisen?«

»Wie kommst du jetzt darauf?«, fragte Daniel.

Mist, das war wirklich nicht besonders unauffällig gewesen. Natürlich ging es Bob um das Thema Brasilien, aber das wollte er so direkt nicht beim Namen nennen, und schon gar nicht die Ayahuasca-Liane. »Ach, ich dachte nur, weil ich hier im Urlaub bin, und da wollte ich wissen, ob ihr auch mal was so Verrücktes erlebt habt, als ihr unterwegs wart.« Das klang sogar in Bobs Ohren nach einer ziemlich lahmen Erklärung, aber etwas Besseres war ihm auf die Schnelle nicht eingefallen.

»In meinem letzten Urlaub war ich in New York bei meinem Bruder«, sagte Martina. »Er führt dort eine kleine Cateringfirma für eine Filmgesellschaft. Ich habe ihm geholfen. Klingt nicht besonders erholsam, was? Ich erzähle es auch nur deshalb, weil man bei den Filmleuten jede Menge verrückte Sachen erlebt. Aber spontan halluzinierende Leute, die Monster sehen und brennend in einen Pool fallen ... also darauf kommen nicht mal die Drehbuchschreiber, sag ich dir.«

»Da klingt mein Urlaub ja noch besser«, meinte Daniel. »Ich bin zu Hause geblieben und habe die Ruhe genossen, mich ans Meer gesetzt und meditiert.«

»Also nix mit großen Reisen in aufregende Länder«, sagte Bob. *Nix mit Brasilien.*

»Und du?«, fragte Martina.

»Man sieht ja, dass man auch in eurem Ferienparadies so einiges erleben kann, obwohl es gar nicht weit von zu Hause weg ist. Aber bei mir in Rocky Beach ist es meistens langweilig.« Was eine glatte Lüge war – über mangelnde Aufregung und verrückte Erlebnisse konnten sich die drei ??? nun wirklich nicht beschweren, und gerade in Rocky Beach hatte es im Laufe der Zeit eine Menge bizarre Erlebnisse gegeben. Wenn Bob sein Archiv öffnen würde, gäbe das glatt Stoff für eine ganze Romanserie.

»Na gut, ich muss noch die Küche aufräumen«, sagte Martina, und Daniel schloss sich mit der Bemerkung an, dass er die Spülmaschine anwerfen wollte.

Als die beiden weg waren, schaute Bob auf sein Handy und sah, dass er Wilfreds Anruf verpasst hatte.

Bob war alleine – nur Chloe saß noch im Whirlpool. Darum entschloss sich der dritte Detektiv, von hier draußen zurückzurufen.

Es klingelte vier Mal, fünf Mal. Bob befürchtete schon, Wilfred würde nicht drangehen, doch nach dem siebten Klingeln wurde das Gespräch angenommen.

»Jepp«, sagte Wilfred.

»Ich bin es, Bob. Entschuldigung, ich konnte gerade nicht reagieren, als Sie angerufen haben.«

»Kein Problem. Ich hoffe, du hast die signierte Hitsingle schon hübsch für mich verpackt?«

»Klar, bringe ich nächste Woche vorbei.«

»Na, dann will ich dir mal glauben und hoffen, dass ich nicht zu gutmütig bin. Also hör zu, so eine Story kriegst du nicht alle Tage zu hören!«

Braun gebrannte Streiterei

Und Bob hörte zu. Wilfred erzählte so intensiv und mit so blumigen Umschreibungen, dass sich der dritte Detektiv fast vorkam, als wäre er dabei.

»Du kannst dir nicht vorstellen, was damals für ein Trubel herrschte! Die Leute strömten von überall herbei. Die Karten für PJs letztes Konzert waren ausverkauft, kaum dass sie angeboten wurden. Draußen vor der Halle versammelten sich noch hunderte, die versuchten, am Abend selbst irgendwie eine Karte zu bekommen. Oder die einfach nur dabei sein wollten, um etwas von der Stimmung aufzufangen. Vielleicht hofften sie auch, dass sich PJ nach der Show noch blicken ließ. Er war ja wirklich ein lockerer Typ, der sich manchmal stundenlang unter seine Fans mischte. Der Handel mit den Tickets blühte – die Leute kauften sie für das Drei- oder Vierfache von dem, was sie ursprünglich gekostet hatten.«

Der dritte Detektiv konnte sich lebhaft vorstellen, dass Wilfred an diesem Handel entweder rege teilgenommen hatte – oder sich ärgerte, dass er sich nicht im Vorfeld ein paar Karten besorgt hatte, um sie weiterzuverkaufen.

Der Hallenmitarbeiter spuckte ein bellendes Lachen ins Telefon. »Ich weiß noch, wie ich mich damals geärgert habe, dass ich mir nicht ein paar Karten auf Vorrat gekauft habe!«

Bob grinste.

»Na ja, wenigstens konnte ich selbst in die Halle. Und ich hatte zwar frei, war aber trotzdem Ansprechpartner für alle, weil ich schon damals jeden Winkel der Halle genau kannte und wusste, wo man als Erstes suchen musste, wenn eine Sicherung herausflog. Oder wo man auf die Schnelle einen Fußmasseur auftreiben konnte, wenn einem der Stars der Schuh drückte.«

Dieser Wilfred mochte ein etwas raubeiniger Typ sein, der gerne Gelegenheiten ausnutzte, sich etwas dazuzuverdienen, aber er erwies sich auf seine eigene Art als durchaus sympathisch und humorvoll. Von Minute zu Minute hörte der dritte Detektiv begeisterter zu.

»Ich weiß noch, dass ich mich um irgendeinen Roadie kümmern musste, der beim Einbau der Trampoline in die Bühne einen Unfall hatte. Er ist ausgerutscht und hat sich das Bein mehrfach gebrochen. Das war eine üble Sache.«

»Das kenn ich«, sagte Bob. »Ist mir auch mal passiert.«

»Aber bestimmt nicht, während du Trampoline eingebaut hast!«

»Das nicht, nein.« Bob lachte. Tatsächlich hatte er sich das Bein gebrochen, als sie ihr Detektivunternehmen gegründet hatten – weshalb Bob überhaupt die Rolle zugefallen war, zu recherchieren und das Archiv zu führen. »Das mit den Trampolinen muss ja sowieso eine irre Sache gewesen sein.«

»Ja, ich erzähl dir gleich davon. Geduld dich noch ein bisschen.« Wilfred machte eine kurze Pause, offenbar trank er etwas, denn Bob hörte das Schlucken. »Als der Roadie dann vom Krankenwagen abgeholt worden war, haben seine Kollegen gefragt, ob ich vielleicht an seiner Stelle beim weiteren Einbau helfen könne. Klar, hab ich natürlich gemacht. Darum habe ich direkt bei der Bühne gearbeitet, als PJ und seine Band mit den Proben begonnen haben. Das hieß bei denen aber nicht, dass sie die Stücke noch mal spielten … sondern dass die Akrobatik stimmen musste! Die beiden wichtigsten Trampoline waren bereits eingebaut. Irre Sache, sag ich dir! Beim Konzert kam immer der Schlagzeuger zuerst auf die Bühne und hat einen Rhythmus gespielt … dann haben PJ und ein zweiter Gitarrist hinter der Bühne Anlauf genommen, sind mit vollem Schwung auf die Trampoline gesprungen und über den Schlagzeuger geflogen – zack auf die Bühne! Und das gleichzeitig und über Kreuz! Das war echt eine Show. Das Publikum hat genau auf diese Acts gewartet. Punktgenaue Landungen, schnappen der Gitarren … aber dann fingen sie nicht etwa an zu spielen, sondern haben sich die Instrumente über einige Meter Abstand zugeworfen! Schon bei den Proben war das echt sensationell, sag ich dir. Auch wenn eine der Gitarren auf dem Boden gelandet und zerbrochen ist. Es gab Ersatz genug. Und in der Show – irre! Einfach irre! Ich glaub, man musste nicht mal seine Musik mögen, um das genial zu finden.«

»Ich hätte es gerne erlebt«, sagte Bob.

»Glaub ich dir sofort. Aber pass auf, bei dieser Show lief noch was ganz anderes. Während der Proben kam ein Typ zu PJ … ziemlich dürrer Kerl, braun gebrannt wie noch was. Eins der anderen Bandmitglieder wollte ihn abwimmeln, das weiß ich noch. Aber der Dürre war wütend wie die Sau. Oh, entschuldige, ich will nicht fluchen. Jedenfalls war der echt sauer. PJ hat ihn beiseitegenommen. ›Okay‹, hat er gesagt, ›ja, okay, wir haben abgemacht, dass wir miteinander reden, aber doch nicht ausgerechnet jetzt!‹ Ich muss zugeben, ich hab die Ohren gespitzt, weil ich neugierig war. ›Doch, genau jetzt‹, hat der andere gesagt, der Dürre, ›jetzt ist der beste Zeitpunkt!‹«

»Können Sie sich genau daran erinnern?«, fragte Bob.

»Na ja, natürlich nicht wörtlich. Liegt ja schon ein paar Jahre zurück. Wieso musst du das denn so *genau* wissen? Sag mal, du bist doch nicht von der Presse, oder?«

»Nee nee, natürlich nicht. Sorry, ich bin einfach schrecklich neugierig und würde am liebsten jedes noch so kleine Detail wissen«, sagte der dritte Detektiv rasch. Er wollte Wilfred nicht verprellen. »Bitte reden Sie weiter, das ist so spannend!« Er hatte das Gefühl, dass er an einem sehr wichtigen Punkt der Recherche angelangt war. Natürlich war es möglich, dass das alles überhaupt keine Rolle spielte – aber irgendwie schienen die seltsamen Vorfälle im Ferienparadies ja mit PJs ehemaliger Karriere im Rockmusikgeschäft in Zusammenhang zu stehen.

»Na, wie ein Schreiberling sahst du auch wirklich nicht aus – dann will ich mich mal bemühen, besonders genau für dich zu sein. Also, die beiden haben sich damals an die Seite der Bühne verzogen, PJ und der Dürre. Ich hatte den Eindruck, PJ hat das Gespräch ganz raffiniert dorthin verlegt, damit eben keiner zuhören kann. Aber, na ja, ich bin auch verdammt neugierig, das geb ich zu. Hab also Werkzeug mitgenommen und so getan, als müsste ich irgendein Bühnenelement überprüfen und reparieren, gerade so nah bei den beiden, dass es nicht so aussieht, als würde ich lauschen, aber nah genug, dass ich trotzdem alles hören konnte. War vielleicht nicht ganz sauber von mir, aber …«

»Kann ich nur zu gut verstehen«, versicherte Bob.

Ein erleichtertes Auflachen folgte. »Wir verstehen uns! Ich konnte also zuhören. ›Und jetzt ziehst du hier die Show durch!‹, herrschte der Dürre gerade PJ an. ›Und ich?‹ Er hat PJ an der Schulter gepackt. Und PJ wiederum hat gesagt: ›Ach komm, dir geht's doch gut. Schau dich doch an. Braun gebrannt, verheiratet, hast ein schönes Leben in San Francisco. Und es ist doch inzwischen bewiesen, dass ich recht habe.‹ Das hat den Dürren offenbar ziemlich wütend gemacht. ›Gar nix ist bewiesen!‹, hat er gebrüllt. ›Du bist im Unrecht!‹ Dann ist er auf PJ losgegangen. Das war echt eine Prügelei, und wer weiß, wie das ausgegangen wäre, wenn niemand dazwischengegangen wäre. Ich bin gerade los, als auch andere gekommen sind. Wir haben die beiden auseinanderreißen müssen. PJ hatte da schon einen Schlag abbekommen.«

»Daher kam also am Abend beim Konzert sein Veilchen«, sagte Bob, »und nicht, weil er im Hotelzimmer im Bad ausgerutscht und auf die Kante der Badewanne gefallen ist, wie er es später immer behauptet hat.«

»Ganz genau. Also kamen noch mal die Sanitäter an dem Tag«, sagte Wilfred. »PJ war nicht schlimm verletzt, aber natürlich musste man wegen seines Auftritts sehr vorsichtig sein. Und zusehen, dass man ihm möglichst wenig ansah. Der Sicherheitsdienst hat den Dürren rausgeschafft. Keine Ahnung, was mit ihm passiert ist. Vielleicht hat PJ ihn angezeigt oder auch nicht. Darum hab ich mich nicht mehr gekümmert. Später hab ich nur mitbekommen, wie PJ mit seiner Band gesprochen hat und noch ziemlich aufgeregt war. ›Verdammter Liam‹, hat er gesagt. Und ehe du fragst, Bob – ja, diesmal bin ich mir völlig sicher. Liam, das war der Name. So hieß der Dürre. Na, und dann ging es mit den ganzen Vorbereitungen weiter und ich hab einfach voll mit angepackt. Es war so viel zu tun und alles musste stimmen! Aber als PJ mich kurz vor Beginn der Show zufällig gesehen hat, hat er mich wiedererkannt und sich bedankt, dass ich die Sanitäter gerufen hab. War echt ein feiner Kerl, sag ich dir. Und wie sagt man so schön? Der Rest ist Geschichte. Das Konzert lief großartig. Man redet ja heute noch davon. Tja, das war's. Meine Schuldigkeit ist getan – jetzt bist du dran.«

»Ich werde Ihnen die signierte Single vorbeibringen«, versprach Bob. »Spätestens nächste Woche.«

»Na hoffentlich.«

»Versprochen!«

Gegenseitige Observierung

Nach dem Telefonat eilte Bob zu seinen Freunden. PJ und Lennox waren inzwischen zurück in das Büro gegangen, sodass die drei ??? ungestört eine Zwischenbilanz ziehen konnten.

»Unser Täuschungsmanöver in Sachen *Justus halluziniert* hat also nichts gebracht«, sagte Bob, nachdem sie sich gegenseitig auf den neusten Stand der Informationen gebracht hatten.

»Dem würde ich nachdrücklich widersprechen«, betonte der Erste Detektiv. »Zwar hat sich weder einer der Gäste noch einer der Angestellten verdächtig gemacht – aber das ist doch auch ein wichtiges Ergebnis. Es sieht stark danach aus, dass keiner von ihnen etwas mit den Einbrüchen zu tun hat.«

»Dafür ist ein neuer Name ins Spiel gekommen«, sagte Bob. »Liam aus San Francisco. Was meint ihr? Sollen wir PJ nach ihm und dem Vorfall damals fragen?«

Justus knetete seine Unterlippe. »Ich glaube, das sollten wir uns noch ein wenig aufheben. Wenn es um alte Streitigkeiten geht, solltest du erst versuchen, mehr darüber herauszufinden, Bob. Möglichst neutral.«

»Sehe ich auch so«, ergänzte Peter.

Die drei ??? entschieden, das goldene Mikrofon doch vom Ferienparadies wegzubringen, bis sie eine Idee hatten, wie sie es als Köder nutzen konnten. Sie durften nicht riskieren, dass es den Dieben in die Hände fiel.

Bob schlug vor, es in der Zentrale zu deponieren. Alle waren einverstanden, und der dritte Detektiv machte sich auf den Weg – er wollte die Gelegenheit gleichzeitig nutzen und in der Zentrale in Ruhe im Internet weiter recherchieren. Die letzten Stunden hatten einige neue Erkenntnisse gebracht – die Ayahuasca-Droge, die Streitigkeiten mit Liam ... Er war gespannt, was sich herausfinden ließ.

Peter und Justus blieben in ihrem Zimmer und besprachen das weitere Vorgehen. Fest stand, dass ihre Gegner gut über das Geschehen in der Ferienanlage Bescheid wussten. Wenn tatsächlich niemand vom Personal ihnen heimlich half – hatten sie vielleicht Wanzen versteckt oder irgendwo heimlich eine kleine Kamera installiert? Das waren schließlich recht einfache Möglichkeiten, zu denen ja auch die drei ??? selbst griffen, wenn sie etwas überwachten. Ihnen kam die Bemerkung der kleinen Chloe in den Sinn, dass sie eine Gestalt bemerkt hatte, die vom Strand aus die Anlage beobachtet hatte.

Das eine schloss das andere natürlich nicht aus. Die beiden Detektive machten sich also an eine möglichst gründliche Durchsuchung aller zugänglichen Bereiche. Sie nahmen die

Korridore genauer unter die Lupe, die Balkone – samt Unterseiten – und die Außenmöbel. Sie durchsuchten die Pflanzen und den Zaun zum Strand hin. Und, und, und.

Das Ergebnis blieb zunächst äußerst mager: nichts!

Bis der Zweite Detektiv das Gartenhäuschen genauer unter die Lupe nahm, in dem er sich schon versteckt hatte, um den Balkon der Wohnung über ihnen heimlich zu beobachten. Dort hatte er gelauert, als der Einbrecher ihnen scheinbar in die Falle gegangen war … bis Peter von dessen Komplizen niedergeschlagen worden war.

In einer Ritze zwischen zwei Holzplanken entdeckte der Zweite Detektiv das winzige Objektiv einer Kamera. Er ließ sich nichts anmerken, tat so, als wäre es ihm nicht aufgefallen, suchte in der Umgebung weiter und entfernte sich wieder. Wenn sie von dieser Kamera wussten, ihre Gegner aber wiederum nicht wussten, dass sie es wussten – dann konnten die drei ??? das durchaus zu ihrem Vorteil nutzen.

In ausreichender Entfernung informierte er Justus über seinen Fund. »Die Kamera sitzt so, dass sie seitlich über den Pool filmen kann. Ich schätze, der Whirlpool wird auch noch erfasst. Die Terrassen eher nicht mehr.«

Der Erste Detektiv zeigte sich begeistert. »Hervorragend, Kollege! Dann sollten wir uns gerade bei den Terrassen der beiden Ferienwohnungen noch mal genauer umschauen. Dumm nur, dass Mrs Haynes gerade herausgekommen ist. Wir können ja kaum dorthin spazieren und vor ihren Augen alles absuchen.«

Trotzdem gingen sie am Pool vorbei – und in diesem Fall war das Glück mit ihnen. Chloe kam aus der Wohnung.

»Justus!«, rief sie. »Geht's dir wieder gut?«

Die Detektive gingen zu ihr und ihrer Mutter hinüber und begannen ein bisschen zu plaudern. Auf dem Tisch standen Kekse, die Mrs Haynes den beiden anbot. Peter nahm einen und tat so, als würde er ihm herunterfallen. Als er sich bückte, warf er einen Blick unter den Tisch … und entdeckte dort an der Innenseite eines Tischbeins ein winziges Gerät. Eine angeklebte Wanze! Wieder ließ er sich nichts anmerken, meinte nur, der Keks wäre noch gut, strich ein paarmal darüber und aß ihn auf.

Kurz darauf schlenderten die Jungen weiter und Peter berichtete seinem Freund von der Entdeckung.

»Ich würde davon ausgehen, dass das nicht die einzigen Überwachungsquellen unserer Gegner sind«, sagte Justus. »Vielleicht haben wir nicht alles entdeckt oder sie haben inzwischen schon wieder etwas abgebaut. Jedenfalls halten sie sich auf dem Laufenden.«

Sie beschlossen, die Kamera am nächsten Tag auszunutzen, indem sie sich in deren Blickwinkel mit dem goldenen Mikrofon blicken ließen, das Bob zu diesem Zweck wieder mitbringen sollte. Wie genau sie dann vorgehen würden, um den Dieben eine Falle zu stellen, daran wollten sie noch feilen.

Zunächst galt es, sich eine weitere Nacht um die Ohren zu schlagen. Inzwischen wurde es dunkel, und Peter und Justus wollten zum einen die Wohnung im Auge behalten, in der

Scarlett Roberts und Dennis Bentley gewohnt hatten. Je nachdem, was die Einbrecher mitbekommen hatten oder nicht, gingen sie vielleicht doch weiterhin davon aus, dass sich das goldene Mikrofon nach wie vor darin befand.

Die beiden Freunde entschieden, dass Justus die Wohnung observieren würde, während sich Peter in der Umgebung des Ferienparadieses umschaute – eine lückenlose Beobachtung war für ihn allein zwar nicht möglich, aber der Zweite Detektiv würde tun, was er konnte. Die Diebe kamen wahrscheinlich von außerhalb, und Chloe hatte ja darauf hingewiesen, dass sie am Strand jemanden gesehen hatte, der die Anlage beobachtete … ihren sogenannten James Bond.

Also tigerte der Zweite Detektiv durch die Dunkelheit. Waren ihre Gegner in der Nähe und bereiteten eine neue Aktion vor, wie auch immer die aussehen mochte? Einbrüche, Graffitisprühattacken, Drogenverabreichung … was kam wohl als Nächstes?

Nach einer Stunde schrieb Peter eine rasche Nachricht an Justus, doch bei dem Ersten Detektiv war alles genauso ereignislos geblieben wie bei ihm.

Eine weitere Stunde verging. Peter saß am Strand auf einem größeren Stein etwa fünfzig Meter vom Ferienparadies entfernt. In sämtlichen Häusern in Sichtweite waren die Lichter ausgeschaltet. Offenbar schlief alles. Der Mond stand über dem Meer und schuf ein silbriges Zwielicht, in dem man die Umgebung auch jetzt zumindest schemenhaft erkennen konnte. Die kleinen herankommenden Wellen funkelten und das stetige Rauschen des Meeres machte Peter müde. Nicht mehr lange, das war ihm klar, und er würde zumindest ein kurzes Nickerchen einlegen müssen. Um sich wach zu halten, schrieb er an Bob. Die Displaybeleuchtung hatte er auf fast völlig dunkel geschaltet, um sich nicht durch deren Helligkeit zu verraten, falls er beobachtet wurde.

Die Antwort kam sofort:

Kann gerade nicht. Bin an einer irren Sache dran.
Nur eins: Nix mit San Francisco!!

Peter stand auf und wanderte ein wenig umher, hielt sich dabei dicht an den Häusern, um nicht entdeckt zu werden. Alle Grundstücke waren wie auch das Ferienparadies mit Zäunen oder Mauern vom Strand abgegrenzt.

Plötzlich sah Peter im Augenwinkel eine Bewegung. Ein Schatten erschien über einer dieser Mauern! Er war klein und rundlich, wie ein Kopf. Lief da jemand vor oder hinter dieser Mauer entlang? Es war etwa zwanzig Meter von ihm entfernt, am Ende des Grundstücks direkt neben dem Ferienparadies.

Peter versuchte, sich darauf zu konzentrieren, um mehr zu erkennen. Vorsichtig schlich er näher – als unvermittelt ein unheimliches Kreischen und Fauchen erklang. Und blitzten dort nicht gelbe, unheimliche Augen?

Ein zweiter Schatten, eine huschende Bewegung, und etwas raste auf den Zweiten Detektiv zu.

Peters Herz setzte für einen Schlag aus, er zuckte zusammen …

… und musste im nächsten Moment über sich selbst lachen, als die beiden miteinander kämpfenden Katzen an ihm vorbeiflitzten und fauchend in der Dunkelheit verschwanden.

Erleichtert atmete der Zweite Detektiv auf. Nicht nur er, sondern auch seine Nerven brauchten offenbar dringend eine Ruhepause. Er musste ins Bett! Doch auf dem Weg zum Ferienparadies nahm er erneut eine Bewegung wahr. Diesmal, da war er sicher, handelte es sich um Menschen. Genauer gesagt um zwei Menschen. Vielleicht harmlose Spaziergänger, nur ein Pärchen, das einen romantischen Strandspaziergang bei Vollmond genoss. Oder die Diebe? Peter jedenfalls duckte sich an die Mauer und verharrte dort bewegungslos und still.

Die beiden Personen blieben am Zaun des Ferienparadieses stehen. Peter erkannte klar ihre Silhouetten. Sie schauten in die Anlage und blieben verdächtig lange stehen.

Der Zweite Detektiv nahm vorsichtig das Handy heraus. Er war weit genug weg, dass die beiden Gestalten ein Flüstern nicht hören würden. Er rief Justus an. »Just, zwei Kerle beobachten das Grundstück. Sie stehen am Zaun.«

»Warte … Moment …« Peter vernahm das leise Geräusch einiger Schritte. »Ich bin in unserem Zimmer … Ja … ich sehe sie durchs Fenster. Hinter dem Pool.«

In dem Augenblick kam Bewegung in eine der Gestalten. Sie stemmte sich hoch und schwang die Beine über den Zaun. Kein Zweifel – sie drang in das Ferienparadies ein! Die zweite Gestalt blieb außerhalb, stand wahrscheinlich Schmiere oder hielt sich bereit, im Notfall einzugreifen. Sie hatte sich zur Seite gedreht, sodass Peter wegen der Silhouette glaubte, es mit einer Frau zu tun zu haben. Die erste Gestalt hingegen verschwand aus Peters Blickfeld, als sie mit langsamen Schritten am Pool vorbeiging.

»Just! Was tun wir?«

»Ich versuche an dem Eindringling dranzubleiben«, sagte Justus. »Bleib du draußen und behalte den anderen im Auge. Diesmal dürfen sie uns nicht entwischen!«

Puzzleteile

Nur ein leises Knistern, sonst nichts – Bobs Finger tasteten vergeblich in der Plastikverpackung. Den letzten Keks hatte er vorhin schon genommen, ohne es zu merken. Da half es auch nichts, dass er den Blick vom Bildschirm abwandte und nachsah. Er zerknüllte die Tüte und warf sie Richtung Mülleimer. Sie traf genau den Rand, kippte aber zur falschen Seite und landete auf dem Boden.

Egal.

Der dritte Detektiv hatte Wichtigeres zu tun!

Er durchsuchte gerade das Internet nach Hinweisen, die PJ mit Brasilien in Zusammenhang brachten. Die Ayahuasca-Liane und der Graffitispruch legten die Spur dorthin.

Gerade hatte er auf der Seite eines Musikmagazins ein Interview entdeckt, dass PJ zu der Zeit gegeben hatte, als sein Hit zum ersten Mal Platz 1 der Charts erstürmte – wo er, wie man damals ja noch nicht wissen konnte, für mehrere Monate bleiben würde. Nach einigen Fragen – wie derjenigen, ob es sich nicht seltsam anfühlte, plötzlich ständig im Radio sich selbst zu hören – wechselte die Interviewerin, eine gewisse Tonja, das Thema. Bob markierte die entsprechende Stelle und druckte sich diesen Teil des Gesprächs aus.

Tonja: Jetzt was anderes, PJ – wann genau hast du das Lied geschrieben? Was oder wer hat dich dazu inspiriert?

PJ: Es gibt eine Menge Musiker, die mich geprägt haben. Die alle aufzuzählen erspare ich dir lieber. Letztes Jahr war ich mit meinem besten Kumpel aus der Schul- und Unizeit auf einer Reise durch Südamerika.

Tonja: Du meinst Liam Sheffer, mit dem du deine erste Band hattest?

PJ (grinst): Genau den. Unsere Band hieß »The LP-Experience«. Wegen Liam und Peter. Fanden wir witzig. Erfolgreich waren wir nicht so richtig, die Auftritte waren echt winzig. Aber egal, wir sind dann privat durch Südamerika gereist, durch ein paar Länder, um Abstand zu gewinnen. Wir wollten den Kopf freibekommen und dann planen, wie wir im Musikbusiness richtig durchstarten können. Mich hat die Zeit damals total inspiriert. Liam erst recht, wenn auch nicht für seine Musik – er hat nämlich nicht nur Abstand gefunden, sondern auch seine große Liebe. So kitschig es klingt. Er hat in Brasilien geheiratet und ist dort geblieben. Danach bin ich im Hochsommer nach Hause zurückgekehrt, nach Kalifornien … und da hatte ich die Idee zu *Hot Summer Night Party*!

Danach kam nichts mehr über das Thema Brasilien, aber Bob war eindeutig auf einer heißen Spur. Nun wusste er also, welcher Liam damals beim Abschlusskonzert in der Vice Hall gewesen war – an eine zufällige Namensgleichheit glaubte er keine Sekunde. Obwohl man einen Zufall natürlich auch in Betracht ziehen musste, das war ihm klar.

Als er über das Interview nachdachte, fiel ihm ein, dass er schon einmal gelesen hatte, dass PJ auf einer Reise in Brasilien gewesen war, nämlich als er den Lebenslauf von PJ erstellt hatte. Daran hatte er gar nicht mehr gedacht, auch weil Justus dann beim Thema Brasilien die Assoziation zu dem Graffitispruch gekommen war.

»Terminar em pizza«, murmelte Bob. Vielleicht sollte er den Spruch mal recherchieren! Vielleicht bedeuteten diese Worte mehr als das, was eine direkte Übersetzung, eben »in Pizza enden«, vermuten ließ. Rasch gab er den Satz in die Internet-Suchmaske ein.

Es gab etliche Treffer – die meisten auf Portugiesisch. Bob beherrschte die Sprache nicht gut genug, um darin einen Artikel lesen zu können. Er überlegte schon, eine Seite automatisch übersetzen zu lassen, als er auf einen Link auf Englisch stieß. Er klickte ihn an, las – und stieß einen leisen Pfiff aus.

Es gab tatsächlich eine andere, übertragene Bedeutung dieser Worte. Es handelte sich um eine in Brasilien gebräuchliche Redewendung. Ein Sprichwort!

Es ging zurück auf ein Fußballereignis in den 1960er-Jahren. Ein Manager der Sociedade Esportiva Palmeiras – eines der größten Fußballvereine in Brasilien – saß damals über viele Stunden für seine Mannschaft in einer Sitzung, die ohne Ergebnis abgebrochen wurde. Danach gingen alle Beteiligten erst einmal in eine Pizzeria. Eine ernsthafte Sache endete also mit einer Pizza … und im fußballbegeisterten Brasilien machte das als geflügeltes Wort die Runde. Später gab es eine schwerwiegende politische Angelegenheit um die Absetzung des Präsidenten von Brasilien, für die diese Redewendung ebenfalls genutzt wurde – und spätestens danach kannte nahezu jeder in Brasilien diese Worte.

Terminar em pizza bedeutete, dass ein Unrecht unbestraft blieb!

Und wie hatte es der Hallenmitarbeiter Wilfred berichtet? Als der dürre Liam auf die Bühne gestürmt war, hatte PJ ihn mit den Worten abweisen wollen, dass doch inzwischen bewiesen wäre, dass er, PJ, im Recht sei. Was Liam ganz anders gesehen hatte. Er war also der Meinung gewesen, dass ein Unrecht unbestraft geblieben war: *Terminar em pizza*, sozusagen … und diesen Spruch kannte er sicher, da er in Brasilien geheiratet hatte und dort ansässig geworden war.

Steckte also Liam Sheffer hinter den Vorkommnissen im Ferienparadies? Machte er PJ nun das Leben schwer, weil ein alter Streit noch immer offen war? Weil es etwas gab, das Liams Meinung nach geklärt werden und der Gerechtigkeit zugeführt werden musste?

Aber welches Unrecht?

Fieberhaft startete Bob eine neue Suche im Netz. Die Wortkombination »Liam Sheffer« brachte etliche Ergebnisse, weil es viele Menschen gab, die so hießen. Der dritte Detektiv ergänzte »Peter Journey« und wurde tatsächlich fündig. Einige Seiten erwähnten, dass PJ vor seinem großen Durchbruch mit dem Sensationshit die erste Band mit seinem Studienfreund Liam gegründet hatte. Es gab sogar einen Link zu einem wackligen, mit einer schlechten Kamera gefilmten Video, auf dem einer der kleinen Auftritte zu Schulzeiten zu sehen war. Bob grinste, als er den gerade mal 14-jährigen PJ sah. Sein Kumpel Liam saß am Schlagzeug. Beide hatten lange Haare, in die pinke Strähnen eingefärbt waren. Die Tonqualität war so mies, dass PJs Bass schepperte und dröhnte.

Bob klickte weiter und ergänzte noch ein Schlagwort: »Streit«. Verblüfft starrte er auf den ersten Treffer und folgte dem Link auf das Archiv einer großen Musikseite.

Gerichtsverfahren gegen Peter Journey eingestellt, lautete dort die Überschrift. Bob las den Artikel. Demnach war »erst jetzt« bekannt geworden, dass PJs alter Bandkollege Liam Sheffer diesen verklagt hatte. Angeblich hätte PJ die Idee für seine legendären Showeffekte – die Trampolinsprünge und die fliegenden Gitarren – nicht selbst entwickelt. Er habe Liam Sheffer die Idee gestohlen, der sich all das während ihrer Zeit als »The LP-Experience« für ihre gemeinsamen Auftritte ausgedacht habe. Und gerade darauf gründe sich aber ein Großteil von PJs Erfolg. Das Gericht hatte die Klage abgelehnt mit der Begründung, dass »die Konzertbesucher zwar tatsächlich gerade auf die genannten Effekte warten und sie für die Konzerte wichtig sind, aber man den Erfolg nicht ursächlich an dieser Idee festmachen kann«. Und dass außerdem die damaligen kleinen Auftritte kaum mit den Riesenshows verglichen werden konnten, für die die Grundideen weiterentwickelt und perfektioniert worden waren. Also wurde die Klage gegen PJ zu den Akten gelegt, PJ freigesprochen.

Was das bedeutete, war Bob völlig klar: Aus Sicht von Liam Sheffer war ein großes Unrecht ungesühnt geblieben. Für ihn war es dabei wohl auch um eine Menge Geld gegangen. Er hatte auf eine Beteiligung an den Einnahmen durch die Konzerte geklagt, dem Bericht nach ging es um eine Summe von mehreren hunderttausend Dollar.

Am Ende des Artikels hieß es noch, ein wenig spöttisch, Liam Sheffer müsse nun also unverrichteter Dinge in seine Wahlheimat São Francisco in Brasilien zurückkehren. Außerdem war ein Foto der beiden Kontrahenten im Gerichtssaal zu sehen, das Bob sich auf den Computer lud.

Der dritte Detektiv gab den Namen der Stadt in die Suchmaske ein, um herauszufinden, wo genau sie lag – und ob dort in der Nähe die Ayahuasca-Liane wuchs –, konnte aber nichts dazu finden.

In diesem Moment ging eine Nachricht von Peter ein, der mitteilte, dass es bei ihm nichts Neues gab, und fragte, wie es bei Bob aussah. Rasch tippte der dritte Detektiv zurück:

Kann gerade nicht. Bin an einer irren Sache dran.
Nur eins: Nix mit San Francisco!!

Denn das stand nun ebenfalls fest. Wilfred hatte damals nicht den Namen San Francisco gehört, sondern São Francisco! PJ hatte gesagt, Liam würde doch ein gutes Leben dort führen!

Das waren die Momente, deretwegen Bob es liebte, Recherchen durchzuführen. Wenn alles sich zu einem großen Ganzen fügte und jedes noch so verwirrende Puzzleteilchen an seinen Platz passte.

Er versuchte, noch mehr über das Gerichtsverfahren herauszufinden, doch es hatte keine weiteren Spuren im Netz hinterlassen, was PJ sicher sehr erleichtert hatte – einem zu der Zeit derart erfolgreichen Künstler konnten schlechte Presse oder gar Rufmord gewaltigen Schaden zufügen. Doch das war PJ erspart geblieben.

Bob schaltete kurz darauf den Computer aus und wollte seine Freunde anrufen, um ihnen mitzuteilen, was er herausgefunden hatte. Weder Justus noch Peter nahmen das Gespräch an. Also schrieb er eine Nachricht mit den wichtigsten Ergebnissen, hängte das Foto von PJ und Liam Sheffer an und schickte es an seine beiden Freunde.

Während er die Zentrale verließ, überlegte er, nach Hause zu fahren, um erst mal schlafen zu gehen. Doch er war viel zu aufgekratzt. Also machte er sich stattdessen auf den Weg Richtung Ferienparadies.

In die Enge getrieben

Justus eilte im Dunkeln die Treppe runter, durch den Korridor und an der Rezeption vorbei. Er atmete tief durch und öffnete vorsichtig die Tür ins Freie, gerade nur so weit, dass er langsam hindurchschlüpfen konnte. Nun galt es, vorsichtig zu sein, damit der Eindringling ihn nicht bemerkte.

Dicht an der Hauswand schlich der Erste Detektiv in Richtung Whirlpool und ging dahinter in Deckung. Das Gelände lag im Dunkeln, vom schummrigen Licht des Monds erhellt.

Die Gestalt, die Peter beim Übersteigen des Zauns beobachtet hatte, kauerte nun neben dem Pool. Justus sah kaum mehr als einen dunklen Schattenriss von ihr. Sie hielt etwas in der Hand, machte schüttelnde Bewegungen mit dem rechten Arm. Es klackerte, dann folgte ein zischendes Geräusch.

Soweit Justus es erkennen konnte, sprühte der Eindringling etwas mit Farbe auf den Boden, am Rand des Schwimmbeckens. Der Erste Detektiv beugte sich vorsichtig weiter vor, um mehr zu sehen. Dabei stieß er mit dem Kopf gegen etwas Hartes, das er nicht bemerkt hatte. Er sah im Augenwinkel, wie etwas über ihm ins Rutschen kam. Ein langer Stiel kippte.

Mist!

Justus' Hand schoss nach oben und fing den Besen auf, den jemand auf dem Rand des Whirlpools abgelegt hatte, ehe dieser auf den Boden knallen konnte.

Doch die rasche Bewegung war ebenso auffällig gewesen. Die kniende Gestalt drehte den Kopf und entdeckte Justus. Beide sprangen auf.

Der Erste Detektiv lief los. »Bleiben Sie stehen!«

Natürlich hörte der andere nicht darauf. Er rannte ebenfalls los, Richtung Zaun. Doch nach nur zwei Schritten war Justus bereits heran und rammte den Fremden.

»Peter!«, rief er. »Komm her! Hilf mir!«

Die beiden wankten, wären fast gestürzt. Der Eindringling packte Justus, umklammerte dessen Oberkörper und Arme, riss den Ersten Detektiv herum und stieß ihn dann von sich.

Justus taumelte einen Schritt ... zwei ... und verlor den Halt. Er übertrat den Rand des Pools und stürzte ins Wasser, dieses Mal unfreiwillig. Er ging unter, schluckte vor Schreck Wasser, stieß sich am Boden ab und kam prustend und hustend wieder über die Wasseroberfläche.

Der Eindringling hatte in der Zwischenzeit den Zaun erreicht und kletterte jetzt darüber. Sein Komplize half ihm dabei. Doch während sich Justus aus dem Wasser stemmte, trat der Zweite Detektiv in Aktion.

Peter rannte auf die beiden Eindringlinge zu. »Stopp! Sie

können nicht entkommen!«, rief er – was durchaus übertrieben war. Es stand zwei gegen zwei, wobei Justus sich gerade triefnass aus dem Pool quälte, weshalb ihre Gegner sogar im Vorteil waren. Aus einem spontanen Impuls heraus ergänzte der Zweite Detektiv: »Die Polizei wird gleich hier sein!«, was natürlich gelogen war.

Im selben Moment flammte das Licht einer Außenlampe auf. »Was ist hier los?«, rief eine Stimme, die Peter sofort erkannte – das war PJ, dem der Trubel offenbar nicht entgangen war.

»Du schon wieder!«, zischte eine Frauenstimme, als sich eine der beiden Gestalten dem Zweiten Detektiv entgegenwarf. Die Angreiferin holte mit der Handkante aus – und Peter erinnerte sich schmerzlich daran, wie er unter dem Balkon von hinten überraschend niedergeschlagen worden war. Diesmal wich er rechtzeitig aus, indem er sich fallen ließ und auf dem sandigen Boden abrollte. Er nutzte den Schwung, kam sofort wieder auf die Füße und startete nun seinerseits eine Attacke, versuchte, der Frau gegen die Beine zu treten. Doch auch sein Angriff ging ins Leere: Die beiden Eindringlinge beschlossen offenbar, die Flucht zu ergreifen, und sprinteten den Strand entlang ins Dunkle.

Peter rannte hinterher. Er hörte, wie Justus nun ebenfalls über den Zaun kletterte und ihm folgte.

Auf diese Situation waren sie nicht vorbereitet! Wie sollten sie ihre Gegner stellen? Wie sie festhalten? Die beiden würden ihnen bei einer körperlichen Auseinandersetzung überlegen sein. Peter und Justus mussten improvisieren. Zunächst hieß es, die beiden nicht entkommen zu lassen. Beim letzten Mal hatten die Verbrecher einen Fluchtwagen auf der Straße geparkt, waren durch die Häuser dorthin gelangt und abgehauen. Das durfte auf keinen Fall wieder passieren!

Peter versuchte, noch zu beschleunigen. Im letzten Augenblick sah er etwas im Dunkeln vor sich auf dem Boden. Ein großer Stein lag dort am Strand. Er wich seitlich aus, wäre fast gestolpert, fing sich mühsam ab.

Im düsteren Zwielicht mit einem solchen Tempo zu rennen, konnte auf Dauer nicht gut gehen. Das merkten allerdings auch die beiden Flüchtenden. »Porra!«, schrie der Mann – es klang eindeutig wie ein Fluch.

Und dann sah Peter den Grund dafür. Der Kerl war auf den Boden gefallen, kam gerade wieder auf die Knie, drückte sich auf die Füße. Die Frau rannte erst weiter, drehte sich dann um, stockte. So verloren die beiden einiges von ihrem wertvollen Vorsprung.

Der Zweite Detektiv kam heran, doch er konnte den Fremden nicht packen, er entwand sich geschickt allen Versuchen des Zweiten Detektivs, ihn festzuhalten.

»Misch dich nicht ein!«, hörte Peter die Stimme der Frau, was ihn überhaupt erst darauf aufmerksam machte, dass diese von der Seite auf ihn zustürmte. Er wich dem Schlag aus, die Angreiferin stolperte durch den eigenen Schwung an ihm vorbei. Peter versetzte ihr noch einen Stoß in den Rücken und die beiden Fremden prallten zusammen.

Peter wähnte sich auf der Erfolgsspur, zumal er hörte, dass Justus fast heran war, doch dann stieß auch der Erste Detektiv einen Fluch aus. Im Augenwinkel sah Peter, wie Justus humpelte und immer wieder »Mein Fuß!«, »Mein Fuß!« rief.

Ihre Gegner hingegen fingen sich währenddessen und setzten die Flucht fort. Peter jagte ihnen sofort nach. Wie befürchtet wandten sie sich wie beim letzten Mal Richtung Straße, bogen ab auf den Weg zwischen zwei Häusern hindurch.

Sie durften nicht wieder mit ihrem Auto fliehen!

Peter wetzte ihnen hinterher, landete in einer kleinen Gasse, die nach etwa zwanzig Metern auf die Hauptstraße traf. Dort waren die beiden Flüchtenden schon fast angekommen.

Der Zweite Detektiv holte das Letzte aus sich heraus – obgleich er keine Ahnung hatte, wie er die beiden stoppen sollte, wenn er sie erreichte. Vielleicht konnte er wenigstens ihr Auto erkennen oder sich das Nummernschild merken.

»Peter!« Das war Justus, hinter ihm. »Halt sie auf! Ich bin gleich da …«

Die Flüchtenden bogen an der Hauptstraße nach links ab – weiter weg vom Ferienparadies. Peter war nur Sekunden später dort. Die beiden standen noch auf der Straße. Ein piependes Geräusch folgte und bei einem geparkten Auto einige Meter voraus gingen die Blinker an. Der Zweite Detektiv sah, wie der Mann die Fahrertür aufriss und in den Wagen stieg, während die Frau darum herumeilte und die Beifahrertür öffnete.

Peter war nur wenige Meter entfernt, und trotzdem war es zu spät. Er konnte die Flucht nicht mehr verhindern.

Oder doch?

Ihm kam eine verrückte Idee.

Beide Türen knallten zu.

Das Auto parkte vor einem anderen Wagen – es konnte also nur vorwärts losfahren, der Weg nach hinten war versperrt. Wenn sich der Zweite Detektiv davorstellte, konnten sie nicht losfahren.

Zumindest nicht, ohne ihn anzufahren.

Und das würden sie nicht tun.

Oder?

Schon sprang knatternd der Motor an.

Peters Gedanken überschlugen sich. Dass Justus erneut rief: »Halt sie auf!«, und sogar noch ein »Ich weiß mehr!« ergänzte, gab den Ausschlag. Der Erste Detektiv klang schon nahe und Peter hoffte einfach, dass er das nicht bereuen würde.

Mit einem weiten Satz sprang er vor den Wagen, beugte sich vor und schmiss sich auf die Motorhaube. Sein Herz raste. Er fragte sich, ob er wahnsinnig war. Schließlich war das kein Actionfilm und diese beiden Leute waren Verbrecher! Sie mussten nur losfahren und ihn …

Ein ohrenbetäubender Lärm riss ihm jeden vernünftigen Gedanken aus dem Kopf. Er hob die Arme und presste die Hände auf die Ohren. Der Fahrer hupte mehrfach und rasch hintereinander. Auf der Motorhaube klang das unfassbar laut. Die ganze Welt schien nur noch aus diesem Dröhnen zu bestehen. Als es endlich stoppte, hörte Peter immer noch ein lautes Piepsen – und einen Schrei: »Schaff dich runter!«

Jemand packte ihn, zog ihn weg. Die Frau war ausgestiegen und stieß den Zweiten Detektiv auf den Bürgersteig.

Gleichzeitig war Justus heran. »Mr Sheffer!«, rief er.

Peter war völlig verwirrt.

»Mr Sheffer – wir wissen, wer Sie sind, und wir müssen dringend reden!«

Konfrontation mit der Wahrheit

Die Situation schien nach Justus' Worten einzufrieren.

»W-was?«, stotterte dann die Frau, die eben noch Peter zur Seite gestoßen hatte.

Genau das dachte der Zweite Detektiv auch: *Was?* Woher kannte Justus diesen Namen?

In zwei der Häuser im unmittelbaren Umfeld gingen Lichter an. Kein Wunder – das Hupkonzert mitten in der Nacht hatte die Bewohner aus dem Schlaf gerissen.

»Wir wissen von dem Gerichtsverfahren«, fuhr Justus fort. »Und dass Sie der Meinung sind, dass PJ Ihnen damals Ideen gestohlen hat – Ideen, mit denen er anschließend eine Menge Geld verdient hat.«

Die Frau packte Peter unvermittelt an den Schultern und nahm ihn in den Schwitzkasten. »Ihr beiden werdet jetzt sofort verschwinden!«

Nun öffnete sich die Fahrertür und der Mann stieg aus. »Lass ihn los, Beatriz!«

Die Frau zögerte. »Also gut.«

Peter kam ächzend frei und entfernte sich einige Schritte.

»Was ist da draußen los?«, brüllte eine Stimme aus einem aufgerissenen Fenster in einem der erleuchteten Häuser.

»Alles in Ordnung!«, rief Justus. »Entschuldigung, wir sind jetzt leise.«

»Na, das hoffe ich aber!« Das Fenster knallte zu.

»Nicht wahr?«, fragte der Erste Detektiv. »Wir können doch jetzt leise und vernünftig miteinander sprechen, ohne dass die ganzen Leute rundum auf uns aufmerksam werden und die Polizei rufen?«

Ein kurzes Zögern. Wahrscheinlich wirkte vor allem die Drohung mit der Polizei, denn der Mann sagte: »Können wir.«

»Wir wissen, warum Sie hier sind und was Sie von PJ wollen«, sagte Justus. Er wandte sich Peter zu, der ihn fragend ansah, und erklärte knapp: »Stand in der Nachricht von Bob. Hast du die nicht gelesen?«

Jetzt erinnerte sich Peter, dass auch sein Handy vibriert hatte, einige Zeit ehe er die beiden Eindringlinge am Zaun hatte stellen wollen. Er hatte es jedoch ignoriert, um die beiden keine Sekunde aus den Augen zu lassen.

»Sie sind Liam Sheffer«, sagte Justus zu dem Mann.

»Wenn du das weißt«, antwortete der, »dann weißt du wohl auch, dass ich im Recht bin.«

»Selbst wenn das so sein sollte, haben Sie die falschen Mittel gewählt, um Ihre Ansprüche durchzusetzen. Mehrere

Einbrüche, illegale Überwachung und Beobachtung Unbeteiligter, massive Gewaltanwendung. Das alles sieht nicht so aus, als …«

»PJ hat mir ja keine andere Wahl gelassen!«

»Wir alle sollten nun dringend mit ihm sprechen«, forderte Justus. »Ich glaube, dafür wird es höchste Zeit. Sonst wird das alles noch viel schlimmer für Sie, als es ohnehin schon ist.«

»Oder für euch«, zischte die Frau. Sie sah aus, als würde sie jeden Augenblick auf die beiden Freunde losgehen.

»Okay«, sagte Liam. »Wir reden. Aber glaub ja nicht, dass …« Den Rest des Satzes ließ er unausgesprochen.

»Sind Sie Mr Sheffers Frau?«, fragte Justus. »Wir wissen, dass Sie in Brasilien geheiratet haben, Mr Sheffer, und …«

»Was geht das dich an? Lass dich von den Jungs nicht einlullen, Liam!«, zischte sie.

Mr Sheffer machte ihr gegenüber eine beschwichtigende Handbewegung. »Sie ist meine Frau, ja. Aber das tut nichts zur Sache. Wir gehen jetzt zu PJ.« Er warf seiner Frau einen scharfen Blick zu, nahm sie bei der Hand und zog sie mit sich.

Die beiden Detektive folgten ihnen zurück zum Ferienparadies. Noch von unterwegs informierte Peter PJ darüber, dass sie ihre Gegner gestellt hatten und mitbringen würden und dass sie miteinander reden mussten. PJ bat sie, in den Speiseraum zu kommen, wo sie um diese Zeit völlig ungestört sein würden.

Als sie dort ankamen, stand die Tür offen und PJ erwartete sie bereits. Zuerst trat Justus ein, Liam Sheffer folgte.

»Du«, sagte PJ. »Du warst das also wirklich! Verdammt, Liam, was hast du dir dabei gedacht? Du kannst doch nicht …«

»Ich kann so einiges«, fuhr Mr Sheffer ihm dazwischen.

Die Frau trat nun ebenfalls ein.

»Beatriz do Nascimento«, sagte PJ bitter. »Wir haben uns lange nicht gesehen.«

»Sheffer«, sagte die Frau giftig. »Do Nascimento heiße ich schon lange nicht mehr. Wie du sehr genau weißt, Peter.«

Nun trat auch der Zweite Detektiv ein und schloss die Tür hinter sich.

»Mit Vorwürfen sollten alle vorsichtig sein«, bat Justus. »Hier stehen zwei Positionen gegeneinander. Unser Kollege Bob hat vieles ans Licht gebracht, aber es gilt wohl, dass auch noch einiges geklärt werden muss.«

Wie aufs Stichwort hin meldete sich der dritte Detektiv per Handy und teilte mit, dass er gerade den Wagen vor dem Ferienparadies parkte. Justus bat ihn, ebenfalls in den Speiseraum zu kommen, und so waren kurze Zeit darauf nicht nur alle drei ???, sondern auch ihr Auftraggeber und ihre Gegner versammelt. Alle setzten sich um einen großen Tisch.

»Also gut«, sagte Bob. »Wir wissen, dass Sie, Mr Sheffer, der Meinung sind, dass die Showelemente, die PJs Konzerte so berühmt gemacht haben, eigentlich von Ihnen erfunden worden sind.«

»Nicht nur eigentlich!«, herrschte Liam Sheffer ihn an. »Es *ist* so! Wir hatten das alles bei unseren gemeinsamen Auftritten genauso gemacht.«

»Und das leugne ich ja auch gar nicht«, sagte PJ. »Aber das Gericht hat damals eindeutig festgestellt, dass das kein so wichtiges Element ist und dass du keine Rechte an irgendwelchen Einnahmen hast. Dass ich die Ideen außerdem erweitert habe. Die großen Shows waren schon eine andere Hausnummer, Liam! Die Sache ist erledigt!«

»Ist sie nicht!«, sagte Mr Sheffer. »Und das weißt du so gut wie ich. Du hast damals vor Gericht gewonnen, weil du berühmt und reich warst und dir einen guten Anwalt leisten konntest! Ich war nur ein Niemand, der den großen Shootingstar verklagt hat.«

PJ seufzte und schüttelte den Kopf. »Ich …«, setzte er an, sprach jedoch nicht weiter und verschränkte die Arme vor der Brust.

»Also gut«, sagte Justus. »Es gab damals das Gerichtsverfahren. PJ wurde freigesprochen, Sie sind zurückgegangen nach Brasilien. Richtig?«

»Was hätte ich denn sonst tun sollen?«, fragte Liam Sheffer. »Und du hattest das ganze Geld und konntest dir dieses Ferienparadies aufbauen.«

PJ schloss die Augen. »Ja, verdammt. Aber das Gericht hatte entschieden! Und mein Manager hat mir eingeredet, ich dürfe keinen Millimeter nachgeben, weil sonst meine ganze Karriere in den Dreck gezogen wird. Vielleicht hätte ich damals auf dich zugehen sollen. Inzwischen liegt das alles so weit zurück. Ich habe ein neues Leben angefangen, ich habe einen Sohn, er hat mich zu einem besseren Menschen gemacht. Ich würde heute einiges anders machen.«

Er schwieg, was Justus ausnutzte, das Gespräch auf die aktuellen Ereignisse zurückzubringen. Denn einige Fragen waren noch offen und brannten ihm auf der Seele. Er wandte sich an Liam. »Warum sind Sie gerade jetzt zurückgekommen, Mr Sheffer?«

»Unsere … Geschäfte drüben in Brasilien liefen nicht mehr gut.«

Justus fragte sich, was das wohl für Geschäfte waren. Die beiden waren offensichtlich nicht die unbescholtensten Bürger, bei den Mitteln, die sie hier angewandt hatten, und das mit einigem Geschick. Es sah nicht so aus, als hätten sie so etwas zum ersten Mal getan.

»Also kamen wir hierher«, fuhr Liam Sheffer fort, »um …«

»Um uns zu holen, was uns zusteht!«, warf seine Frau ein und funkelte PJ wütend an.

»Dafür haben Sie eindeutig die falschen Mittel gewählt«, sagte der Erste Detektiv noch einmal. »Wieso haben Sie nicht versucht, mit Ihrem alten Freund zu …«

»Was denn?«, fiel Mr Sheffer ihm ins Wort. »Mit PJ reden? Alter Freund? Dass ich nicht lache!«

Auch Beatriz winkte abfällig ab. »Du sagst, wir haben die falschen Mittel gewählt?«, fragte sie. »Wir zahlen es ihm nur mit gleicher Münze heim. Er hat unsere Möglichkeiten zerstört – nun zerstören wir seine!«

»Indem Sie sein Ferienparadies in Verruf bringen«, sagte der Zweite Detektiv. »Einbrüche, Gewalttaten, Einsatz von Drogen … so was kann ein Gastgewerbe in den Ruin treiben.«

»Mir ist eine Sache nicht klar, PJ«, sagte Bob. »Du wolltest die Polizei nicht rufen – klar, du hast ja gesagt, du möchtest kein Aufsehen. Aber war dir da auch schon bewusst, dass Mr Sheffer dahintersteckt? Und dass es um deine Vergangenheit geht?«

Der Ex-Rockstar nickte zerknirscht. »Ich dachte es mir. Darum sollte alles unter dem Mantel des Schweigens bleiben. Und als Finn vorschlug, euch zu engagieren, sah ich darin einen Ausweg und stimmte zu. Lieber ihr als die Polizei, dachte ich.«

Beatriz lachte höhnisch. »Ich glaube, diese drei Jungen sind hartnäckiger, als es die Polizei je hätte sein können.«

»Wir wollten PJ dazu zwingen, dass er die Wahrheit eingesteht und mir einen Anteil an den Konzerteinnahmen ausbezahlt«, sagte Mr Sheffer.

PJ stand nun auf und schob dabei den Stuhl knarrend zurück. »Das müsst ihr nicht länger versuchen. Ich sorge dafür, dass ihr entschädigt werdet. Aber nicht wegen eurer verdammten Aktionen gegen mich! Sondern weil du mein Freund warst, Liam, und ich damals falsch gehandelt habe.«

»Ach, und wie stellst du dir das genau vor?«, fragte Beatriz misstrauisch.

PJ ging einen Schritt auf seinen alten Freund zu. »Wir beide, Liam, lassen die alte Zeit noch einmal auferstehen. ›The LP-Experience‹ … ein einziges und letztes Konzert! Die große Versöhnung! Wenn ich dabei bin, wird das für Aufsehen sorgen. Alle Einnahmen gehen an dich.« Er streckte die Hand aus. »Was denkst du?«

Liam saß da wie versteinert.

Bob fand die Idee hervorragend. »Ich sorge dafür, dass ihr die größte Halle in Rocky Beach bekommt. Das wird irre! PJ noch mal auf der Bühne ...!«

Liam Sheffer schlug ein. »Ich hab aber seit einer Ewigkeit nicht mehr gesungen.«

»Und ich bin seit Jahren nicht mehr auf einem Trampolin gesprungen.« PJ grinste.

»Trotzdem«, sagte Justus ernst, »müssen wir nun die Polizei hinzuziehen. »Sie haben zwei Menschen niedergeschlagen und einer Frau eine gefährliche Droge verabreicht.«

PJ lachte plötzlich, auch wenn es nicht sonderlich belustigt klang. »Ihr seid doch echt irre! Ayahuasca in den Tee? Es war schrecklich! Wenn ihr gesehen hättet, wie sie … «

»Wir *haben* es gesehen«, unterbrach Beatriz. »Die Kamera hat alles aufgezeichnet.«

»Welche Kamera?«, fragte PJ verwirrt.

Justus winkte ab. »Es gibt da so ein paar Dinge, die du noch nicht weißt, PJ.«

»Unter anderem wirst du mir helfen müssen«, sagte Bob, »meine Schuld bei Wilfred zu begleichen.«

»Wilfred?«

Bob grinste. »Die Ermittlungen der drei ??? nehmen oft Wege, die man vorher nicht erahnen kann …«

Erlebe spannende Abenteuer!

- ☐ und der gestohlene Sieg
- ☐ und die Zeitreisende
- ☐ und der grüne Kobold
- ☐ Im Auge des Sturms
- ☐ Die Legende der Gaukler
- ☐ Höhenangst
- ☐ Das weiße Grab
- ☐ Tauchgang ins Ungewisse
- ☐ Der dunkle Wächter
- ☐ Das rätselhafte Erbe
- ☐ und der Mottenmann
- ☐ Die falschen Detektive
- ☐ Kelch des Schicksals
- ☐ Kreaturen der Nacht
- ☐ und die schweigende Grotte
- ☐ und der weiße Leopard
- ☐ und der Jadekönig
- ☐ Der Fluch der Medusa
- ☐ und die verlorene Zeit
- ☐ und der Geisterbunker
- ☐ Die Schwingen des Unheils
- ☐ Im Netz der Lügen
- ☐ und der Kristallschädel
- ☐ Im Wald der Gefahren
- ☐ Manuskript des Satans
- ☐ und die Teufelsklippe
- ☐ und die Gesetzlosen
- ☐ und der Knochenmann
- ☐ Die Yacht des Verrats
- ☐ Melodie der Rache
- ☐ und der Puppenmacher
- ☐ Die Spur der Toten

kosmos.de/die_drei_fragezeichen

ab €/D 8,99

Preisänderung vorbehalten